目次

第一話　死のお告げ

一

天保《てんぽう》三年（一八三二）の正月十日、南町《みなみまち》奉行所、定町廻《じょうまちまわ》り同心早瀬《はやせ》菊之丞《きくのじょう》は、手札を与えている岡っ引、薬研《やげん》の寅蔵《とらぞう》と町廻りに出ている。

初春の江戸は門松が取り払われつつあるが、正月の華やいだ空気が漂っている。まだ、福寿草の鉢植え売りの売り声がそこかしこで聞かれた。

ただ、

「はくしょい！」

菊之丞がくしゃみをしたように、寒の戻りが厳しく、身を切るような風に吹き晒《さら》され、分厚い雲に覆われた曇天《どんてん》模様である。

「寒いな、正月十日だぞ」

まるでおまえのせいだと言わんばかりに菊之丞は寅蔵を見下ろした。

見下ろす、そう、菊之丞は六尺（約百八十センチ）に近い高身長で肩幅も広い。腹は引き締まっていて、いわゆる、ソップ型の相撲取り体型であった。でかいのは身体《からだ》ばかりではなく顔もだ。

岩のような巨顔、眉《まゆ》は太くてぎょろ目、大きな鷲鼻《わしばな》に分厚い唇、見る者を威圧する面相だ。歌舞伎役者が悪役を演じる際に、こんな化粧をするのではないかと思わせる。悪戯《いたずら》坊主が大人をやりこめた際の得意そうな面構《つらがま》えにも見えた。

一方の寅蔵は、歳は四十一の練達の岡っ引である。両国の大川に沿って広がる薬研《やげん》堀《ほり》に住んでいることから、「薬研堀の親分」とか、「やげ寅」などと呼ばれていた。背は高くはないが、がっしりとした身体、浅黒く日に焼けた顔は鼻筋が通り、いわゆる、「苦み走った」好《い》い男である。

菊之丞と寅蔵の付き合いは長くはない。

　昨年の文月からだから六カ月ほどだ。というのは、寅蔵は菊之丞の兄、宗太郎《そうたろう》から手札を与えられていた。ところが、昨年の水無月、三十歳の若さで病没した。菊之丞は兄、宗太郎に代わって八丁堀同心になったのである。

　では、菊之丞はそれまで何をしていたかというと上方《かみがた》で観相学の修業である。観相学の達人、水野南北《みずのなんぼく》の下で切磋琢磨《せっさたくま》した変わり種であった。


「はげ寅、こう寒くちゃ、やってられん」

　菊之丞は浅草橋《あさくさばし》で茶店に入った。

　今日、これで三度目である。

　寅蔵が甘酒を頼んだ。縁台に置かれた火鉢を数人の男たちが囲んでいる。誰言うともなく、

「冬に逆戻りだな」

と、言い立てる。

　この寒さで甘酒が飛ぶように売れているようで、茶店は客の要望に応えようと大目に仕込んでいる。お蔭《かげ》で間を置かず、甘酒の入った碗が運ばれて来た。

　菊之丞と寅蔵は両手で碗を持ち上げた。瀬戸物を通して熱々の甘酒がかじかんだ手

を温め、一口飲むと二人とも目を細め、人心地ついた。

「菊之丞の旦那《だんな》、東海道で盗みを働いていた、煙《けむり》の次郎右衛門《じろうえもん》が江戸に現れたそうですよ」

寅蔵が言った。

白い息が流れ消える。

「そういえば、同心詰所でみんなが話していたな。商家に忍び込んで、鮮やかな手口で千両箱を盗み出すって盗人《ぬすっと》なんだってな」

菊之丞はふうふうと甘酒を吹いた。

鮮やかな手口とは、家人や奉公人が寝静まった深夜に盗みに入り、金蔵の錠前を外して千両箱を盗んで姿をくらます。凶悪な盗賊にありがちな、乱暴狼藉《ろうぜき》は一切行わないのが特色だ。

なにも、次郎右衛門が慈悲深いわけではない。家人、奉公人が気づく暇《ひま》もなく金を盗み出してしまう為、刃傷沙汰《にんじょうざた》を犯す必要がないのだ。予《あらかじ》め、金蔵の位置を確かめ、錠前の蠟型《ろうがた》を取って鍵を作り、一切の無駄な動きをせずに盗みを成就《じょうじゅ》させ、煙のように消えるのだ。

この手口から、狙いをつけた商家に手下を出入りさせ、入念な下調べをした上で盗み入ると想像されている。

　一つの宿場で複数の盗みを重ねることはないが、京、大坂、名古屋といった大きな町では二軒の商家に盗み入った。三日前、品川宿の遊郭《ゆうかく》が次郎右衛門の被害に遭ったことから、もう一軒で盗みを働く、と予想され、火付盗賊改方は沽券《こけん》にかけて行方を追っている。

「南町は動かないんですか」

　寅蔵に聞かれ、

「火盗改《かとうあらため》から手助けを求められているが、みんな乗り気じゃないな」

　甘酒を飲み干し、菊之丞は顎を搔いた。

「そりゃ、旦那がやる気がないだけで、南町じゃあ張り切っていらっしゃる方が多いんじゃないですか」

「言ってくれるねえ」

　寅蔵の額を小突いてから、

「煙という二つ名の通り、人相書もないんだ。広い江戸で煙を探すなんて気にはならん。それに、江戸で盗みを働いたと言っても品川宿は町方の管轄外《かんかつがい》だ。これまでの盗みはいずれも江戸以外だしな。煙の次郎右衛門捕縛は火盗改に任せときゃいいって、みんな思っているさ」

真顔で菊之丞は言い立てた。

「お説ごもっともですね」

寅蔵は納得し、町廻りを続けた。


浅草橋から御成道《おなりみち》を北上し、浅草風神雷神門前の仲見世《なかみせ》にある茶店に入った。四度目とあって、寅蔵は胃がもたれ、甘酒ではなくお茶を頼んだ。菊之丞もお茶を注文したが草団子も一緒だ。

「あ、そうそう。菊之丞の旦那、小野吉村《おののよしむら》って八卦見《はっけみ》、近頃えらい評判ですよ。耳になさっていますか」

寅蔵に問われ、

「盗人の次は八卦見か。知らんな。何者だ、小野何とかって野郎は」

菊之丞は草団子に餡子《あんこ》をたっぷりと付けて頬張《ほおば》った。

「なんでも、平安の世のお公家《くげ》さまで小野篁《たかむら》ってお方がいたんですってね」

寅蔵が言うと、

「ああ、いたよ。京の都にある六道珍皇寺《ろくどうちんのうじ》の井戸から冥界《めいかい》に赴いて、閻魔《えんま》大王のお裁きの手助けをしていたそうだ。まさか、小野は小野篁と関係するのか」

草団子で口の中を一杯にしながら菊之丞は問い直した。

「小野篁の末裔《まつえい》なんですって」

「嘘臭いな……小野篁が活躍したのは千年も昔だぞ」

菊之丞は一笑に付した。

すると、

「ひょっとして、小野篁は小野小町の旦那なんですか。だとしたら羨ましいですね」

見当外れのことを寅蔵は言い立てた。

「小野小町と篁は赤の他人同士だ。それより、小野吉村はどうして評判なんだ。篁のようにこの世と冥界を行き来しているのか」

笑いを噛《か》み殺しながら菊之丞は問いかけた。

ところが寅蔵は真顔で、

「どうも、そうらしいんですよ」

と、声を潜めた。

「益々、胡散臭《うさんくさ》い野郎だな」

菊之丞は顔をしかめた。

「それがですよ、冥界に赴いていますんでね、人の死の時期がわかるんだそうです。死相が現れている者をずばりと言い当てるんですって」

あくまで真面目に寅蔵は語った。

「死相を見るのか」

菊之丞は闘志が湧いてきた。

「興味を抱かれたでしょう。旦那の観相といい勝負なんじゃありませんか」

「馬鹿、黙って座ればぴたりと当たる、水野南北先生の直弟子たるおれをそんな贋物と一緒にするな」

むっとして菊之丞は寅蔵の額を小突いた。

寅蔵はすんません、と頭を下げてから、

「でもですよ。小野吉村に死相が現れているって、八卦見をされた二人が立て続けになくなってしまったんですよ」

「二人とは……」

寅蔵は大きく目を見開いた。

「一人は八十過ぎの婆さんで、もう一人は十歳の男の子だったたんですよ」

「婆さんはどんな死に様だったんだ」

「病がちだったんで、それがぽっくりと。まあ、こっちは寿命でしょうがね」

「病に臥せった年寄りなら、死相も現れるだろうさ」

菊之丞は言った。

「ところが、男の子はっていいますとね、小野に死相が現れているって八卦見をされたあくる日、庭の木に上っていたんですが落っこちてしまって、可哀そうに首の骨を折って、亡くなってしまったんですよ。浅草橋の船宿の息子だったんですがね。可哀そうにね」

首を左右に振り、寅蔵は盛んに同情の言葉を言い添えた。

「ふ〜ん」

菊之丞は唸った。

「そんでもって、小野吉村の評判は高まりましてね、連日、押すな押すなの賑《にぎ》わいだそうですよ」

「なんで賑やかなんだ。自分に死相が現れているかどうかなんて知りたいものかよ」

菊之丞の疑問に、

「それが、恐い物見たさっていいますかね、興味を持つ者がいるんですよ」

「死相が出ているって八卦見をされたら、その者はどうするんだ」

「さあて、人それぞれですがね、静かに死を迎える者もいれば、最期だってことでどんちゃん騒ぎをする輩《やから》もいるんじゃありませんか」

という寅蔵の言葉を引き取り、

「自棄《やけ》になって、人を殺す者もいるかもしれんな。とすると、小野吉村の八卦見、余計な騒ぎの火種になるぞ」

菊之丞が危ぶむと、

「小野も諫《いさ》めているんですよ。何しろ、ご先祖さまの小野篁と同じく冥界で閻魔大王さまのお裁きの手助けをなさっているんですからね。ですんで、死相が現れているってお告げを下され、自棄になって悪事を働いた者は小野吉村が閻魔大王さまに進言して地獄に堕とすって戒めているんですって」

寅蔵は言った。

「地獄堕ちか、そりゃ、恐いだろうな」

皮肉っぽく菊之丞は笑った。

「小野は死相が現れているとお告げを下した者には、地獄堕ちしないよう真面目に暮らせ、と諭しているそうですよ。それとですよ、死相が現れないありがたい御札があるんですって」

「見え見えの金儲《かねもう》けじゃないか」

菊之丞は顔を歪《ゆが》めた。

「やはり、旦那はそう思いますか」

寅蔵に聞かれるまでもなく、

「いんちきに決まっているさ」

瞬きするほどの迷いもなく菊之丞は断じた。

「そうですよね」

何故か寅蔵はそわそわしてうなずいた。

それを見逃さず、

「どうした、何かあるのか」

菊之丞が問い質《ただ》すと、

「小野の八卦見を受けようと思うんですよ」

菊之丞に批難されるのを予想してか、寅蔵はうつむき加減に答えた。

案の定、

「おまえも本当に野次馬だな」

呆《あき》れたように菊之丞は苦笑した。

「旦那もどうですか」

菊之丞の蔑《さげす》みの目を跳ね返すように寅蔵は両の目を見開いた。

菊之丞は噴き出した。

「小野が本物かいんちきか……多分、食わせ物なんでしょうけど、ご自分の目で、あるいは観相学で見極められたらいかがですか」

真顔で寅蔵は言い立てた。

「そりゃ、面白いかもしれんな」

小野篁の子孫を自称する小野吉村への対抗心がふつふつと湧いてきた。まがい者に違いないが、どんな男なのか気になる。

「だが、大変な評判なのだろう。すぐに占ってもらえるのかい。並んでまで見てもらいたくはないぞ」

菊之丞は難色を示した。

「ええ、お察しの通り、小野の八卦見相談所には大変な行列が出来ているそうなんです。それでですよ、お仙《せん》とお仙の友達に並んでもらっているんですよ」

お仙は寅蔵の女房である。

「なんだ、はなから小野の八卦見相談所に行くつもりだったんじゃないか。ま、それはいいとして、お仙もよく並んでくれたな」

菊之丞が言うと、

「もちろん、ただってわけじゃござんせんよ」

お仙には練り羊羹《ようかん》と小間物を買ってやると約束したそうだ。

二

浅草寺《せんそうじ》の裏手に広がる盛り場、浅草奥山近くにある一軒家が小野吉村の八卦見相談所であった。

昼となり、日輪が柔らかな日差しを降り注いでいる。相談所の木戸から溢《あふ》れた男女がずらりと並んでいる。二列縦隊となり、不安そうに順番を待つ者、野次馬根性丸出しで騒いでいる者、仲間同士の顔を見合って素人《しろうと》判断で死相を占っている者、賑やかな人だかりとなっていた。

「繁盛しているな」

菊之丞は背伸びをして母屋《おもや》まで連なる行列を眺めた。

「いやがった」

寅蔵はお仙を見つけた。

お仙は二人分を確保しようと近所の女を連れていた。幸い二人は母屋の玄関まで順番を進めている。

「ちょいと、すまねえな」

寅蔵は人混みをかき分け、菊之丞の案内に立って二人の側に行き、

「ありがとうな」

と、声をかけた。

お仙と女は菊之丞にぺこりと頭を下げた。お仙は丸顔で小太り、縄暖簾《なわのれん》の女将《おかみ》だけあって陽気な人柄である。

「おまいさん、ちゃんと約束を守ってくださいよ」

お仙は釘《くぎ》を刺すように語りかけた。寅蔵は任せとけと胸を張った。

「何時から並んでくれているんだ」

菊之丞が問いかけた。

「朝五つ（午前八時）からですよ」

うんざり顔でお仙は答えた。

その時、浅草寺の鐘が昼九つ（午後零時）を告げた。朝五つからということは、こ

の寒空の下、二時も並んだことになる。

「そりゃ、大変だったな。甘酒でも飲んでくれ」

菊之丞は二人に一朱金ずつをやった。お仙と女はたちまち笑顔になった。


お仙たちに代わって行列に加わった。

玄関を入ると小部屋があり、そこが待機所で十人の男女がいた。

若い男があと何人です、と告げ、八卦見料として一朱を徴収していった。菊之丞も寅蔵の分と併せて二朱を払った。

すんません、と頭を下げてから、

「旦那も、観相相談所を開いたらいかがですか。きっと、儲かりますよ」

と、一人一朱として少なく見ても百人は来ているから、と小野の八卦見相談所の稼ぎを算段し始めた。両手の指を折り、口の中でぶつぶつ呟《つぶや》いた挙句、

「百人だったら、百朱……てことは二十五分、つまり六両と一分だ。月に二十日も開けば百二十両以上ですぜ」

素《す》っ頓狂《とんきょう》な声を出した。

菊之丞は鼻で笑い、

「流行《はや》りは長続きしないさ。今は物珍しいから野次馬連中が詰めかけているがな。大体、死相が現れているなんてお告げを下されてみろ。気持ち悪いぜ。信じた日には、生きた心地がしないだろうさ」

「そりゃそうかもしれませんがね、評判が立っている時に儲けて、流行がすたれたら相談所を閉じるって手もありますぜ」

どこまでも捕らぬ狸《たぬき》の皮算用を止《や》めない寅蔵である。

「これでも、十手《じって》を預かる身だぞ。とは言っても、八丁堀同心に執着はないがな……。自分から辞めるつもりはないが、おれの場合、首にされるかもしれん。そうなったら、観相相談所を開くか」

冗談とも本気ともつかない口調で菊之丞は言った。

やがて、菊之丞の順番になった。

若い男に案内され、菊之丞は巨体をのっしのしと揺さぶりながら廊下を奥へと向かった。突き当りの座敷に小野はいるそうだ。菊之丞は空咳《からせき》を一つしてから中に入った。広々とした座敷である。左右の土壁には書棚が並べられ、書物が整然と収納されている。

正面は障子が開け放たれているため、陽光が部屋全体に溢れていた。

黒檀の文机《ふづくえ》の前に座し、背を向けている男が小野吉村であろう。総髪に結った髪は陽光に艶《つや》めき、焦げ茶色をした唐土《もろこし》の道服に身を包んで唐冠《とうかんむり》を被っていた。芝居がかった様子でいかにも胡散臭い。

男は筆を置くと、こちらに向いた。

細面《ほそおもて》で細い目、薄い眉、頬骨が張り、人の心中までも見通しそうな眼光をしている。目に力があるように感じるのは、目張りを入れているからだとわかった。

菊之丞は内心で馬鹿にした。

今年、還暦を迎えたと聞いた。

「麻呂は小野篁公より七十代の末裔、吉村でありますぞ」

やや甲高《かんだか》い声音で小野は名乗った。

「七十代の子孫さんねえ」

思わず噴き出してしまった。

「お疑いなら系図を御覧に入れるが」

臆せず小野は言った。

「不要だよ。どうせ、嘘っぱちに決まっているからな」

菊之丞らしい無遠慮さで断った。

それでも動じることなく小野は続けた。

「ほほう、麻呂をまがい者とお疑いなのじゃな。お見受けしたところ八丁堀同心殿のようじゃが、役目柄、人を疑うことばかりの毎日じゃから無理もないですがな」

理解を示すように小野はうなずいた。

「役目で疑っているんじゃないよ。あんたには悪相が現れているからさ」

ずばり、菊之丞は言い立てた。

「なんじゃと」

さすがに小野はむっとした。

「黙って座ればぴたりと当たる、おれはね、水野南北先生からじきじきに観相学を学んだんだ。一目でわかったよ、あんたの悪相が。それと、この部屋の相も悪いな。気が逆流している。これでは、人の運が逃げてしまうよ。日輪が差し込む方角がなっていないね。あんたは日輪の光を背負うことで、後光が差していると相談者に印象付けたいんだろうが、観相学上は悪相もいいところさ」

立て板に水の勢いで菊之丞はまくし立てた。

小野の目元がぴくぴくと動いた。明らかに不愉快そうだが、自分を大物に見せようとしてか鷹揚《おうよう》な面持ちとなり、

「水野南北先生に師事なさったのか。それは、お見それした」

しげしげと菊之丞の巨顔を見つめた。

「う～ん」

と、もっともらしい顔で唸ると、文机に置いてあった笏《しゃく》を両手で持ち、しばらく何事か呪文のような文言を唱えた。

唐冠、唐土の道服、笏、どうやら小野は閻魔大王を気取っているようだ。

またも笑いそうになったが、八卦見をしてくれるのに失礼だと我慢した。

やがて呪文を終え、

「貴殿は死相とは無縁であるな。日頃の暮らしぶりがよろしいのであろう。いや、感心しましたぞ。さすがは、水野南北先生のお弟子だ」

にこやかに見立てを語った。

「おれに死相が現れていないのは当然としても、あんたの悪相は気にしなくちゃ駄目だよ。善行を積むことだね。差し当って、相談所は閉めるんだな」

抜け抜けと菊之丞はお告げをした。

腰を上げると、

「耕助《こうすけ》、お帰りだ」

渋面となり小野は若い男に告げた。


菊之丞は裏から外に出た。

すると、そこには小屋があった。神社のおみくじ売り場のように、白小袖《しろこそで》に紅袴《べにばかま》を身に着けた巫女《みこ》風の娘が御札を売っている。

御札は何種類かあった。

一年、三年、五年、十年と記されている。

この札を買えば、その期間は死相が現れないという売り文句であった。一年が一両で、十年は十両である。

「あこぎな商売だな」

呆れたように菊之丞は失笑を漏らした。


菊之丞の次に寅蔵が小野の書斎に入った。

閻魔大王のような格好、小野篁の七十代末裔という売り文句に寅蔵は圧倒され、

「どうぞ、よろしくお願いします」

神妙な面持ちで正座をし、小野と向かい合う。

「先生、どんなもんでしょうかね」

恐る恐る、寅蔵は聞いた。

小野は笏を両手に呪文を唱えたが、菊之丞に比べると余程短かった。

「死相が現れそうですな」

と告げた小野に、

「現れそう……ってことは今は死相は現れていないんですね。ああ、よかった。……でも、いずれ現れるんですか。そいつは困ったなあ……」

「死相が現れないようにするには……」

小野は思わせぶりに言葉を止めた。

寅蔵は頬を引き攣《つ》らせ、

「どうすりゃいいんですか。ひょっとして、あれでしょう。厳しい修行を積めってことでしょう」

「修行も効き目があるかもしれませんな」

笏を文机に置き、小野は言った。

「どんな修行ですか。山に籠ったり、滝に打たれたり、断食をしたりってこってすかね。あっしゃ、滝に打たれるのは我慢できますが、食を絶つのは勘弁願いたいですよ」

首を左右に振り、寅蔵は訴えた。

するとに小野はにこりとして、

「そんな必要はありませんぞ。そうですな……あなたの干支は寅ですな」

「さすがは小野小町さん……じゃなかった篁さんのお血筋、八卦見の達人、お見通しですね」

感心したが、名前が寅蔵だから寅年と見当をつけたんだろうと気づく。菊之丞がいたら鼻で笑われるだろう。

いかん、小野に呑まれているぞ、と己を叱咤《しった》し、

「寅蔵って名前ですが、実は子年なんですよ」

寅蔵は言い添えた。

八卦見のからくりを見破られながらも小野は平静を保ち、

「寅蔵という名前で生きてこられたので、あなたは事実上寅年ですよ……すると、虚《こ》空蔵菩薩《くぞうぼさつ》が守り神ですな。では、鰻を絶ちなさい」

と、命令口調で言った。

「鰻ですか」

きょとんとなって寅蔵は問い直す。

「鰻は虚空蔵菩薩のお使いです。鰻を絶ち、虚空蔵菩薩に守ってもらうのですよ」

小野は説明を加えた。

確信に満ちた物言いに、なるほどと得心してしまう。

「鰻か……蒲焼《かばやき》、美味《うま》いんですけどね。ありゃ、精力もつくし、酒にもぴったりなんだ。飯ならにおいだけで丼一杯食べられますよ……せめて、肝も駄目ですか」

未練たらしく寅蔵は問いかけた。

「駄目です」

にべもなく小野は否定した。

「そうですか、そりゃ、まあ、仕方がないですね。命と鰻、どっちを取るとなったら、命ですものね」

心細くなって寅蔵は受け入れた。

「それと、効き目のある御札がありますから、お求めすることをお勧めしますよ」

「値が張るんでしょうね」

寅蔵が危惧《きぐ》すると、

「一年で一両です。つまり、一年間、死相が現れない御札は一両ということですな。一年、三年、五年、十年の御札がありますぞ」

さらりと小野は紹介した。

「一両は高いですよ。みなさん、買うんですか。お金持ちだけでしょう。結局、地獄の沙汰も金次第というか、金で寿命を買う世の中なんですかねえ。こりゃ、末世だ」

天を仰ぎ、寅蔵は嘆いた。

「ならば、金一分の御札もありますぞ」

小野に言われ、

「でも、ご利益は少ないんでしょう」

寅蔵は訝しんだ。

「正規の御札よりは少ないですがな、鰻を絶ち、人助けをすれば、正規の御札並みの効き目があります」

もっともらしい顔で小野は言った。

「そりゃいいや」

寅蔵は納得し、礼まで言って、書斎を後にした。

裏庭の御札売り小屋の前に立った。

「金一分の御札があるって聞いたんですがね」

寅蔵が巫女に聞くと、

「これです」

と、巫女は札を取り出した。

正規の御札が錦の袋に入っているのに対し、紙を折って剝《む》き出しだ。いかにも安物だが、買わないと罰《ばち》が当たりそうで、死相が現れるかもしれない。

寅蔵は一分金を渡して御札を貰《もら》うと両手で持って拝んでから、財布に入れた。

三

町廻りを切り上げ、菊之丞は寅蔵と薬研堀にある居酒屋、江戸富士《えどふじ》にやって来た。江戸富士はお仙が営んでいる。

間口三間《けん》の二階家で二階は寅蔵とお仙夫婦の住まいだ。腰高障子には江戸富士の屋号と富士山の絵が描かれている。

腰高障子を開け、中に入ると、

「お仙さん、うどんを頼むよ」

と、お仙に頼んだ。

ここのうどんは美味い。というか菊之丞が好きな上方の昆布風味なのだ。

江戸にあって上方風のうどんをお仙が作るのは大坂の生まれだからだ。

お仙の父親は大坂の旅芸人だった。母親はお仙が十の時に亡くなり、それ以来父親と一緒に旅回りをした。お仙は一座の賄《まかない》を手伝う内に上方風の味付けを覚えたのだった。

お仙の父は江戸で興行中に倒れ、そのまま息を引き取ったそうだ。お仙が十八の時だった。父親の為に薬種の世話をしたのが寅蔵という縁で所帯を持ったのだった。

「うどんもいいですけど、菊之丞の旦那からお小遣いを頂戴しましたんでね、今日は鰻を召し上がってくださいよ。旦那、鰻はお好きですか」

お仙に勧められ、

「そいつはいいな。鰻はうどんと違って江戸風だな。上方の鰻も美味いが、どうもいけないよ」

菊之丞は上方風の蒲焼、つまり、鰻の腹を裂き、直に焼く、という調理法より江戸風の背開き、蒸すというやり方を好んだ。

「おっと、お仙さんは大坂生まれだから鰻は上方風か」

菊之丞が確かめると、

「いいえ、うちの人がうるさいんで、江戸風ですよ。上方の鰻はくどくていけないって、そりゃもう、毛嫌いしましたんでね」

お仙は批難の目で寅蔵を見た。

「そりゃいい」

菊之丞はうどんに加えて鰻も食うと頼んだ。

「おまいさん、約束は守ってもらうからね」

お仙が言うと、

「わかってるよ。ただ、今は持ち合わせがないんだ。二、三日待ってくれたら必ず、約束は果たすよ」

むきになって寅蔵は返した。

「あてにしないで待っているわよ」

お仙は調理場に向かった。

「小野吉村、ありゃ、とんだ食わせ者だな」

菊之丞は顎を掻いた。

「ああ、そうですね」

寅蔵もそうだと応じたが、言葉に力が入らない。

「金儲けに汚い不逞《ふてい》の輩だな。ああいうのがいるから、観相や占いを胡散臭く見られるんだよ」

憤りを込めて菊之丞は吐き捨てた。

「あっしもそう思いますよ」

寅蔵も自分に言い聞かせるようにして賛同した。

そこへ皿に盛られた鰻の蒲焼が届けられた。

鰻特有の食欲をそそる香ばしい香りが立ち上っている。

「こりゃ、美味そうだ」

菊之丞は破顔した。寅蔵も笑みをこぼし、箸を取ったが、不意に箸を止め、じっと見ているだけで箸をつけようとしない。

そんな寅蔵を他所《よそ》に菊之丞は蒲焼にかぶりつく。

「美味いなあ。蒸し加減、焼き加減、共に抜群だ」

菊之丞が満足すると、

「すぐにお酒を持っていきますよ」

お仙が言った。

「そうだな、それもいいがうどんを頼むよ」

好物のうどんを頼んだ。

「どうした」

鰻に手をつけようとしない寅蔵を菊之丞は訝《いぶか》しんだ。

「ええ、まあ……」

寅蔵は言葉を曖昧《あいまい》にした。

菊之丞が蒲焼を平らげたところへ、お仙がうどんを持って来た。

「あら、おまいさん、どうしたの。身体の具合でも悪いの」

鰻に箸を付けない寅蔵を気遣った。

「いや、何処も悪くはねえよ」

寅蔵は笑みを浮かべた。

「鰻、嫌いだったのか」

菊之丞は寅蔵に聞いた。

「いや、そうじゃ……」

と、最後まで語らない内に、

「なら、もらってやるよ」

恩着せがましく言い、菊之丞は寅蔵の蒲焼を箸で摘まむと、うどんの中に入れた。

「こうすると、うどんの出汁《だし》に鰻のたれが溶けあってより一層美味くなるんだ」

菊之丞はうどんを啜《すす》った。

上方の昆布風味が台無しじゃないかと寅蔵は内心でけちをつけ、恨めしそうに菊之丞が蒲焼にかぶりつくのを見やった。

「折を見て、あのいんちき野郎を懲らしめてやらないとな」

菊之丞は健啖ぶりを発揮した。

寅蔵の腹の虫がぐうっと鳴った。

すると、暖簾を潜って年増女が入って来た。女は脇目も振らずに寅蔵の側に歩み寄った。

「親分さん」

と、寅蔵は声をかけられたが、

「ええっと」

寅蔵は女の顔を見たが、誰なのか思い出せず、眉根を寄せた。

すると、お仙が、

「これは、ようこそ」

と、挨拶をし、寅蔵に両国の小間物屋、伊勢屋《いせや》の女将さんだと知らされた。着物は地味な弁慶縞《べんけいじま》ながら、小間物屋の女将らしく、勝山髷《かつやままげ》を飾るのは高価な鼈甲《べっこう》細工の櫛《くし》や笄《こうがい》、簪《かんざし》である。嫌味なく似合う、目元が色っぽい年増であった。

「伝《でん》と申します」

お伝は伊勢屋の主《あるじ》十兵衛《じゅうべえ》の後妻だと言い添えた。

「まあ、座ってくださいよ」

寅蔵は膝《ひざ》を送り、お伝の席を作った。

お伝は軽く頭を下げて座った。

お仙が、

「お伝さん、おまいさんに聞いてもらいたいことがあるんだって」

と、口添えをした。

「あの、お食事中のようなので、出直しますが」

お伝は遠慮した。

すると、菊之丞が、

「構わないよ。寅蔵は腹の具合がよくないようでな、食べられないから、もう、食事はすんだ」

と言い、自分は美味そうにうどんをすすり上げた。

「あの……」

それでも、お伝は迷う風であったが、

「ああ、大丈夫ですよ」

話を聞くと寅蔵はお伝に向いた。

お伝は三年前に伊勢屋の主人十兵衛の後添いになったそうだ。以前は柳橋《やなぎばし》の芸者だった。浅草の料理屋で宴席を設けた十兵衛に見初《みそ》められ、後妻となったのだ。

なるほど、色香漂う年増のはずだ。

「亭主のことなんです」

お伝は切り出した。

「十兵衛さんのことですか。あの方は商売上手ですからね。今のお店を大きくなさったのは十兵衛さんだって評判ですよ」

相槌《あいづち》を打つように寅蔵は応じた。

わかってくれていると思ったのか、お伝は笑顔でうなずいて続けた。

「亭主は、それはもう商い熱心なんですけど、それが、先般、その……死相が現れているって、そう言われてしまいまして」

「そりゃ、小野吉村って八卦見のお告げじゃないんですか」

即座に寅蔵は確かめた。

「そうなんですよ。何でも、とっても偉い八卦見の先生だって聞いていますよ」

「まがい者だ」

うどんを食べながら菊之丞が口を挟んだ。

寅蔵も首を縦に振る。

「そうですか、そうだといいんですが」

お伝は目をしばたたいた。

「女将さん、十兵衛さんは気になさっているんですか」

寅蔵が問いかけると、

「亭主は、そんなの気にならないって、人間、死ぬ時は死ぬんだって、強がっていますけど、でも実際はびくびくしているんですよ」

お伝は声を潜めた。

「と、おっしゃいますと」

自分のことと照らし合わせ、寅蔵は複雑な思いに駆られた。

「亭主、気にしていないなんて口では言っていますけど、小野先生の八卦見相談所で売っていた御札を買ったんですよ」

口を尖《とが》らせ、お伝は嘆いた。

「ああ、あの札ね……何年分ですか」

寅蔵は問いかけた。

「十年分です」

お伝が答えると、

「じゃあ、十両を出したんですか」

驚きの声で寅蔵は確かめた。

寅蔵の声に圧倒され、

「そ、そうみたいです」

お伝は声を上ずらせた。

「十両も払ったんだから、ご利益がありますよ」

慰めの言葉をかけたが寅蔵自身への言葉でもある。

「だとしたら、いいんですけどね」

お伝は心配が晴れない。

そんなお伝の不安を煽《あお》り立てるように、

「ご利益なんてありゃしないよ」

しれっと菊之丞は割り込んだ。

お伝の気持ちを逆撫《さかな》でする言動に寅蔵はうつむいた。

お伝は口を半開きにした。

「あんないんちき野郎の言う事なんか、本気にしないことだよ」

菊之丞は言った。

「そ、そうですか。でも、とっても当たるって評判なんですよ。だって、上方じゃあ、百人を超す人の死相を八卦見で見立てて、それで本当に亡くなってしまったって」

「そんなの、嘘八百に決まっているさ」

言下に菊之丞は否定した。

「そ、そうですよ」

寅蔵も同意する。

「だったら、いいんですけどね」

申し訳なさそうにお伝はお辞儀をした。

「女将さん、それが心配でいらっしゃったんですか」

寅蔵が確かめると、

「ええ、本当に心配で……と、言いますのも、亭主は心の臓を病んでいるんですよ。

胸が苦しいって何度か倒れたことがあるんです。お医者さまからお酒を控え、熱い湯に入ったりしないようにって言われて、それから、薄着も駄目だって……ですから、小野先生に死相が現れているってお告げを受けて、いよいよ寿命がって、悩んでいるんですよ。加えて亭主は占いを信じているんです。口じゃあ、占いなんて信じるのは馬鹿だってくさしているんですがね、内心では占いに影響されているんです。吉報とかおみくじとか、凄《すご》く気にしています」

十兵衛に関する不安な点をお伝は一気に語った。日頃、心配しているのだろう。

見かねたように、

「なら、おれが亭主の観相を見てやるよ」

菊之丞は言った。

四

明くる日、菊之丞は寅蔵と共に両国の小間物屋、伊勢屋を訪ねた。今日は風がなく、朝から陽光に溢れ、初春の華やぎが感じられる。

菊之丞の希望で十兵衛には観相するとは告げず、普段の十兵衛を見ることになった。

店先には娘や商家の女房らしき女たちが集まり、流行の簪、笄、櫛や財布などを見ている。手代《てだい》たちがにこやかに説明を加え、売り込んでいた。

帳場机に座しているのが十兵衛だ。

面長の顔立ち、なで肩で、商家の主人と言うよりは舞踊のお師匠さんといった風である。笑みを浮かべ、店内を見回し、時折、手代を呼んであれこれと指図している。笑顔の中にあっても目は笑っておらず、神経質そうに凝らされていた。

十兵衛は三代目だそうだが、長屋の一角で小ぢんまりとした商いをやっていた伊勢屋を表通りに構える大店《おおだな》にまで大きくした。十兵衛は店売りに満足せず、自ら行商を行い、得意先を獲得していった。

奉公人を雇う上でも行商を行わせ、売上、得意先の獲得に応じて給金を決めた。また、流行に敏感で、京の都で流行った小間物を率先して仕入れて売り出した。特に舞妓の髪を飾る花簪を大量に仕入れた。

舞妓は季節ごとの花を象《かたど》った簪を髪に挿す。それを店で大量に売った。しかも十兵衛が巧みなのは、都の本物の高価な花簪とそれを似せて江戸で材質を落として作ったものを売り分けた。

都の花簪は一分、江戸製は一朱という具合だ。

しかも、月の二十日を過ぎると、都の花簪を半値、つまり、二朱で売り出す。

これが、娘たちの評判を呼んだ。

男も好意を抱く女、娘の為に、買える金額である。

いまの時節、松竹梅を象った花簪が売られ、娘ばかりか男たちも集まっていた。

菊之丞は十兵衛と伊勢屋の店をじっと見て軽く二度、三度うなずいた。

「わかりましたか」

寅蔵が確かめた。

「ああ、黙って座ればぴたりと当たる、水野南北先生仕込みの観相学に間違いはない」

自信満々に菊之丞は答えた。

「なら、お伝さんを呼んできますよ」

近くの稲荷までお伝を呼び出すことにした。

程なくしてお伝がやって来た。

「いかがでしょうか」

菊之丞の顔を見るなり、お伝は問いかけた。

「安心しな。亭主に死相も悪相も現れていないよ。それどころか、観相上は極めて昇り調子だ。店の構えも問題ないな。気の流れが極めて良いよ」

菊之丞は自信満々に断じた。

「ああ、そうですか。それは、良かった。安心しました」

笑顔になり、お伝は胸を撫で下ろした。

「よかったですね」

寅蔵が言葉を添えると、

「じゃあ、小野先生の八卦見はどういうことになるんでしょうか」

お伝は菊之丞と寅蔵の顔を見た。

「出鱈目《でたらめ》だよ」

例によって、遠慮会釈なく菊之丞は斬り捨てた。

「そうなのでしょうか」

お伝の不安は去らない。

「ああ、間違いないさ。そもそも、小野篁の子孫というのがいんちき臭いじゃないか。上方で百人に死相が出ているとお告げをし、お告げ通りに百人が死んだら、大きな騒ぎになっているさ。上方だろうが、蝦夷地《えぞち》や九州だろうがそんな大騒動が起きたら、江戸にも伝わるよ」

冷静に菊之丞は語った。

「でも、大した評判ですよ。江戸に来てすぐに十人の死相を見立て、本当に死んでしまったって」

お伝は反論した。

「そりゃ、読売が書き立てているんだ。おそらく、小野が金を払って書かせたんだろうよ」

菊之丞が推論をすると、

「でも、二人の死相が現れているってお告げと二人が死んだってのは本当ですぜ」

寅蔵が言った。

「二人は本当だったとしても、十人というのは大袈裟《おおげさ》じゃないか」

菊之丞は鼻で笑った。

「でも、親分さんは小野先生の八卦見を信じていらっしゃるんじゃないんですか」

お伝に言われ、

「いや、そんなことはないよ」

慌てて寅蔵は否定した。

「でも、御札を買ったんですよね」

お伝は寅蔵が紙の御札を買ったことを指摘した。

「なんだ、寅、おまえ、小野に脅されて、びびったのか」

菊之丞は面白そうにからかった。

「いや、洒落《しゃれ》ですよ」

寅蔵はわけのわからない言い訳をしたが、

「ほんと、迷信深い奴っていうのは、ああいういかさま野郎の食い物にされるんだよ。

そんな者たちを守る十手持ちが騙《だま》されるなんてのは、本当におめでたいもんだな」

散々、菊之丞にけなされ肩を落とした。

「ともかく、十兵衛に死相なんぞは現れていない」

菊之丞は断言した。

「相変わらず、十兵衛さんは気にしておられるんですか」

寅蔵が確かめた。

「口では気にしていないんですがね、内心ではびくびくしていますよ」

お伝は眉根を寄せた。

「十兵衛さんは、八卦見とか占いを信じる性分なんでしたね」

寅蔵は問を重ねた。

「商売上、験《げん》担ぎには特に熱心です。小野先生のことはとても信頼しているようなんですよ」

心配だとお伝は言い添えた。

「そりゃ、どうしてですか」

寅蔵はお伝に聞きながら菊之丞の顔を見た。

「都の評判を耳にしたんです」

小野吉村が都で死相が現れていると告げた者が命を落とした様を十兵衛は都の小間物屋から聞き、小野吉村に心服してしまったのだそうだ。

上方で百人というのは大袈裟でも、一人でもお告げが当たって死んだ事実に十兵衛は恐れをなしたのだろう。

「お伝さん、家に帰って、菊之丞の旦那の観相を話してくださいな」

寅蔵は言った。

「わかりました。亭主も安心すると思います」

お伝はようやく表情を和ませた。

「旦那、ありがとうございます」

寅蔵はぺこりと頭を下げた。

「おまえに、礼を言われることはないよ」

菊之丞は右手をひらひらと振った。

「そりゃ、そうですがね」

「ああ、そうだ。御札を見せろ」

菊之丞に言われ、

「いや、まあ、大した札じゃござんせんから」

寅蔵は断ろうとしたが、

「そんなことはわかっているよ。いいから、見せろ」

菊之丞は右手を差し出した。

渋々ながら寅蔵は財布から紙の札を取り出して菊之丞に見せた。ひったくるようにして菊之丞はそれを受け取り、

「ずいぶん、安っぽい札だな」

と、頭上に翳《かざ》した。

「一分ですんでね」

恥じ入るように寅蔵は言った。

「ふん、こんなもの」

菊之丞は紙の御札をびりびりと破り、ぽいと放り投げた。

「ああ……」

恨めしそうに寅蔵は欠片《かけら》となった御札を眺めた。

寒風が吹いた。

寅蔵は着物の衿《えり》を合わせ、くしゃみをした。無情にも御札の欠片は吹き飛んで跡形もなくなった。


お伝は店に戻った。

店に十兵衛の姿はない。手代に確かめると母屋の居間で来客を迎えているそうだ。

「お得意さまかしら」

呟くように聞くと、

「小野吉村先生ですよ」

手代は答えた。

「小野先生……」

お伝は母屋に向かった。

居間にお伝は入った。

小野と十兵衛は向かい合っていた。十兵衛の顔は蒼《あお》ざめ、視線は彷徨《さまよ》っている。

お伝に気がつくと、

「あたしの寿命は尽きようとしているそうだよ」

十兵衛はしょげ返った。

「そんな……」

お伝は小野を見た。

「残念ですが、以前より死相が際立っておられるのですよ。それで、心配になりましてな」

小野は視線を十兵衛からお伝に移した。

「まあ」

お伝は唇をわなわなと震わせた。

十兵衛が、

「それでね、小野先生は特別なお祓《はら》いをしてくださるそうなのだよ」

と、言った。

「特別なお祓いとおっしゃいますと」

お伝の問いかけには小野ではなく、十兵衛が答えた。

「寮でね、一晩、お祓いをしてくださるんだ」

「寮で……」

お伝は呟いた。

「正直に申しますぞ。麻呂が祈禱《きとう》をしたからと言って、十兵衛さんの死相が消えるかどうかは保証できぬ。麻呂にも人の死を止める力はない。しかし、できる限り力を尽くす。無責任な言い方だがな」

淡々とお告げのような口調で小野は言った。

「先生、お金ならいくらでもお支払いします。ですので、何卒《なにとぞ》……」

十兵衛は両手を合わせた。

「いや、金は不要です。一銭も頂戴致さぬ」

小野は首を左右に振った。

「そういうわけには……」

十兵衛は恐縮した。

「麻呂は金儲けの為に八卦見をやっておるわけではない。人を救いたいのです。今回、十兵衛さんの死相を消すために祈禱を行うが、成功するかどうかわからない。そんな不確かなことにお金を貰おうとは思いませぬ」

誇ることもなく当然のように小野は話を締め括《くく》った。

五

正月十六日の夜、向島《むこうじま》にある伊勢屋の寮で小野吉村によるお祓いが行われようとしている。

寒が戻り、身を切るような夜風が吹きすさぶ中、菊之丞と寅蔵もやって来た。菊之丞は小野に死相が現れていると告げられ、木から落下して死んだ男の子について寅蔵に調べさせた。寅蔵は男の子の両親が営む浅草橋の船宿周辺を聞き込んだ。すると、男の子が木から落ちた頃、浅草橋を小野吉村らしき男が歩いているのを見かけた者がいた。

俄然、男の子は小野に殺されたという疑いが濃くなった。折よく、お伝から小野が十兵衛の死相退散のお祓いをすると聞き、立ち会いを求められ、小野の化けの皮を剝《は》がそうと乗り込んだのである。

寮は庄屋の家を買い取ったそうで、広々とした敷地に生垣が巡らされ、母屋の他に物置小屋、土蔵を備え、庭には小判形の池と周辺を季節の花が彩っているが、あいにく寒さひとしおとあって、花を楽しむことはできない。

冬に戻ったのかと思わせる寒い日が続き、池には氷が張り、母屋や物置の軒先には氷柱《つらら》がぶら下がっていた。

物置小屋が祈禱所になっていた。

菊之丞と寅蔵は祈禱所を覗《のぞ》いた。

小野があれやこれやと指図して祈禱所が整えられたそうだ。

天井や壁、床を小野が納得するまでぴかぴかに磨き立てられている。

四方の壁の掛け行灯《あんどん》の灯りが小屋の中をぼんやりと浮かび上がらせている。

大きな祭壇が設けられ、米、水、塩、御神酒《おみき》といったお供え物や榊に紙垂《しで》を付けた玉串や御幣が備えてあった。祭壇と並んで護摩壇もあった。

神仏混淆《こんこう》のお祓いだと小野は自慢した。

小屋の中に良い香りが漂っているのは四隅に香炉が置かれているためだ。

祭壇の前には十兵衛が神妙な面持ちで正座をしている。白の小袖に裃《かみしも》といった死に装束であった。

八卦見相談所にいた小野の助手、耕助が隅に控えていた。

寅蔵が、

「小野先生はどちらですか」

と、耕助に確かめた。

「先生は御屋敷内を回っておられます。陰陽道の観点から家相を見立てておられるのです」

心持ち胸を張って耕助は答えた。

平安の世の高名なる公家、小野篁の末裔を自称する小野吉村は、家相、つまり土地や家の間取り、建物の配置を見て吉凶を占い、災いがもたらされると見なした建物、間取りを改築することにより、十兵衛の死相を消そうという意図であるらしい。

「何処も悪くないよ」

菊之丞は言った。

「そ、そうですか」

ほっとしたように十兵衛は頬を緩めた。

そこへ、小野が戻って来た。菊之丞と寅蔵を見ても無視し、

「悪い」

と、呟くと十兵衛を見て、

「母屋、物置、池、湯殿などの位置が悪い。特に湯殿じゃな。ともかく、正しい配置を絵図にしておいた。なるべく早く改築なされよ」

と、懐中から絵図面を取り出した。

腰を上げ、十兵衛は小野から絵図を受け取る。次いで、食い入るようにして絵図面を眺めた。

「どれ」

菊之丞は十兵衛から絵図面をひったくりざっと一瞥《いちべつ》しただけで、

「こりゃ、改悪だな」

と、なじり、絵図面を十兵衛に返した。

「なんじゃと……」

小野はむっとして菊之丞を睨《にら》みつけた。

「あんたが勧める建物の配置じゃあ、気の通りが悪くなる。特に湯殿を西北に持っていくなど、愚の骨頂だ。今の湯殿の配置は陰陽道にも叶《かな》っている。災いが湯殿から抜けて行く。あんたの配置では災いが溜まるんだ」

ここは譲れない、と菊之丞は捲《まく》し立てた。

「ふん、素人が」

　小野は小馬鹿にしたように鼻を膨らませた。

「何度も言うがおれは、黙って座ればぴたりと当たる、水野南北先生直伝の観相学を身につけているんだよ。ま、それはいいだろう。おれが素人なら、あんたは詐欺師だ。十兵衛さん、こんなインチキ野郎にお祓いなんかしてもらうことはないよ。あんたに死相なんか現れていない」

　強い口調で菊之丞は言い立てた。

「……ど、どうすれば」

　十兵衛はおろおろとし始めた。

　小野は悠然と十兵衛を見返し、

「いかがしますか。麻呂はどちらでも構いませんぞ。お祓いをやる、やらないは、十兵衛さんの勝手ですわな。ただ、強く言っておきます。十兵衛さんには死相が現れている……」

　と、乾いた口調で告げた。

　十兵衛はおろおろとし、菊之丞と小野の顔を交互に見た。

「おまいさん、お祓いをしてもらいましょうよ」

お伝が十兵衛に勧めた。

なんだ、おれに相談をしながら小野を信用するのかと、お伝に裏切られた不満を抱きながら菊之丞は寅蔵を見た。

寅蔵は菊之丞の不満を汲み取り、

「女将さん、菊之丞の旦那の観相の方が確かですよ」

と、宥《たしな》めた。

お伝は、「申し訳ございません」と菊之丞に頭を下げたが、

「十兵衛殿は心の臓を患っておられるのだろう」

小野に言われて、

「そ、そうですよね。やはり、お祓いを……」

お伝は迷うように十兵衛を見た。

「お伝、小野吉村は医者じゃないぞ」

菊之丞が声をかけた。

小野は平然と、

「麻呂は祈禱で儲けようとは思わぬ。それが証拠に、お祓いも家相見立ても一銭たりとも頂戴しませせぬ。小野篁の末裔として、陰陽師として、八卦見としての意地と善意

で行う。高々数年、観相学を聞きかじっただけの男の考えを受け入れるのなら、それでよし。すぐに引き払いましょう」

と、語りかけ、耕助に撤退の準備を行わせようとした。

お伝は、

「そうですよ。小野先生の好意を無駄にはできませんよ。おまいさん、そうですよね」

十兵衛に訴えかけるような眼差《まなざ》しを向ける。

「そうだな……こんなこと申しちゃあ、小野先生に失礼だが、お祓いを受けても受けなくても損するわけじゃない」

十兵衛の気持ちはお祓いに傾いた。

お伝が畳みかけるように、

「おまいさん、損得の問題じゃなくて、おまいさんの不安が去るじゃないか。お祓いをしてもらわなかったら、この先、不安が残るし後悔するよ。そうなったら、心の臓にも悪いじゃないか」

と、熱の籠った口調で言い立てた。

十兵衛は二度、三度うなずき、

「小野先生、お祓いをお願いします」

と、頼んだ。

「よろしい。麻呂もそのつもりで来たのだ」

勝ち誇ったように小野は受け入れた。

「勝手にしな」

菊之丞は捨て台詞《ぜりふ》を吐いて、物置小屋から出て行った。

慌てて寅蔵が追いかける。


菊之丞と寅蔵が物置小屋を出たところでお伝が呼び止めた。

「本当に申し訳ございません」

小野にお祓いを頼んだことをお伝は詫びた。

「女将さん、何も謝ることはねえですよ。十兵衛さんは心の臓が悪いんだし、死相が現れているなんて言われたら、気にならないはずがねえですよ」

寅蔵は気遣ったが、

「無駄なことだよ」

菊之丞は不機嫌だ。

寅蔵は顔をしかめた。

お伝は、

「お詫びではないですが、お食事を用意しましたので。もちろん、お酒もあります」

「いや、お気遣い無用ってもんですよ」

寅蔵は遠慮したが、

「酒は清酒かい」

菊之丞は飲みたそうだ。

「はい。伏見《ふしみ》の酒蔵から取り寄せました」

お伝が答えると、

「ごちになるか」

機嫌を直し、菊之丞は応じた。寅蔵も、

「そうですね。お祓いも気になりますしね」

と、応じた。

お伝が酒を勧める前から菊之丞は飲み始めた。待つというのは辛そうで、お伝は落ち着かない。このまま、夜明けを待つというのも、忍耐を要するものであった。それでも、十兵衛から死相が消えることを願うお伝はまんじりともしない。

お伝の様子を見れば寅蔵も漏れるあくびを嚙み殺して寝てはならない、と己を叱咤した。

菊之丞は腰を据えて酒と料理を楽しんでいる。

お伝が菊之丞と寅蔵を引き留めたのは小野のお祓いを気にしているのだ。お祓いが無事終わるまでいて欲しいのだろうと寅蔵は思った。

真夜中の静寂を破り、祈禱所と化した物置小屋からは小野の声が聞こえる。真言密教だか、わけのわからない祝詞《のりと》だか呪文だか不明の文言が響いている。

時折、

「物の怪《け》、退散！」

「悪しき霊よ、汝《なんじ》のおる所にあらず！」

「地獄の棲《す》み処《か》へ戻るがよい！」

などという、小野の悪霊調伏の絶叫がした。

だがそれも時が経つにつれ耳慣れたものとなり、座敷には重苦しい空気が漂った。

「小野先生のお手並み拝見ですよ」

寅蔵がお伝の不安を取り除こうと、明るい声を出した。

「ところで、死相が消えた証《あかし》はいかにすればよかろうな」

菊之丞は言った。

「そりゃ、十兵衛さんが死ななくなったら……」

と、答えてから寅蔵は首を傾《かし》げた。

菊之丞は続けた。

「いかに検分するのだ。何年も死ななかったら……ま、死因は様々だから、殺害、事故、火事などで死んだのならともかく、ぽっくりと原因不明の死を遂げないのが、小野いんちき野郎のお祓い成功の証ということか」

お伝が答えに窮していると代わって寅蔵が答えた。

「最低三年は生きてもらわないといけないいんじゃないですかね」

「三年という拠《よ》り所は何だ」

菊之丞は問いかけた。

「それは……その……石の上にも三年、と申しますので」

薄弱な根拠を誤魔化《ごまか》すように寅蔵は手で頭を掻いた。

「馬鹿馬鹿しい」

菊之丞は鼻で笑った。

「そうだ、菊之丞の旦那が観相を見立てたらよろしいじゃありませんか」

名案であるかのように寅蔵は言った。

「だから……十兵衛に死相なんか現れていないいんだよ。小野がお祓いをして、現れるかもしれないがな」

菊之丞は冗談のつもりだろうが、

「まあ……そんなことが」

と、お伝は危ぶんだ。

やがて、寅蔵が船を漕ぎ始め、菊之丞も飲み過ぎて瞼《まぶた》が重たくなった。

何時の間にか、菊之丞も寅蔵も寝入ってしまった。

六

どれくらい眠っただろう。

障子越しに朝日が差し込んでいる。菊之丞はあくびをして大きく伸びをした。傍らでは寅蔵が鼾《いびき》をかいている。

「おい、はげ寅」

菊之丞は寅蔵の肩を揺さぶった。

「もう、飲めませんよ」

寅蔵は寝言を言いながら手で両目をこすった。

「起きろ」

更に強く肩を揺さぶると、

「あ……いけね、ここは何処だ……あれ、菊之丞の旦那」

寅蔵は寝ぼけながら周囲を見回し、状況を思い出したようだ。

「お祓い、どうなりましたかね」

寅蔵はあくび混じりに言った。

「確かめるぞ」

菊之丞は腰を上げ障子を開けた。

凍《い》てつくような風が吹き込んできた。菊之丞は着物の衿を合わせ、寅蔵は背中を丸めた。

菊之丞と寅蔵は物置小屋に入った。

小野と耕助がお茶を飲んでいた。十兵衛はいない。

菊之丞が問いかける前に、

「お祓いは無事終わった」

小野が言った。

「十兵衛は何処だ」

菊之丞は部屋の中を見回した。

「湯殿……つまり、朝湯だ」

小野は言った。

そこへ、お伝が入って来た。お伝は菊之丞と寅蔵に挨拶をしてから小野に礼を述べ立てた。

「お蔭さまで、亭主は機嫌よく湯に浸かっております。四半時ほど経ちますね」

お伝によると、十兵衛が寮に滞在する楽しみは朝湯だそうだ。

両国の自宅は町人地にある為、幕府は湯殿を設けるのを禁止している。湯屋に行けばいいのだが、混んでいる上に好みの湯加減にはできない。湯殿を備えた寮ならば、気兼ねなく朝湯を楽しめるのだ。

「今、何時だ」

朝日の傾き具合から明六つ半（午前七時）くらいだろう。

案の定、お伝が明六つ半だと答えた。

「ご無事で良かったですね」

寅蔵がお伝に言った。

「小野先生のお蔭です」

お伝は小野に深々と頭を下げた。

「ふん、元々、死相なんか現れていなかったんだから、無事で当たり前だよ」

小野からすれば憎まれ口を叩くと菊之丞は、

「女将さん、ごちになったな。いい酒だったから、寝入ってしまったよ」

頭がずきずきとする、と二日酔いを嘆いた。

「あっしもですよ。あれっぽっちの酒で二日酔いとは、気苦労のせいかな」

寅蔵も二日酔いを訴えた。

「気苦労が呆れるよ」

菊之丞は失笑を漏らした。

お伝が、

「そろそろ、お店に行かないと」

と、湯殿に向かった。

「小野さんよ、お祓いって何時までやっていたんだい」

菊之丞が問うと、

「暁七つ（午前四時）過ぎまでですな。その頃には十兵衛殿の顔から死相が消えた」

淡々と小野が答えた。

すると、

「おまいさん！」

お伝の叫び声が聞こえた。

寅蔵が菊之丞を見る。

菊之丞は物置小屋から飛び出した。寅蔵も従う。


湯殿に着くと、お伝が身を震わせていた。寒さだけのせいではないのは明らかだ。

菊之丞と寅蔵が問う前に、

「亭主が……」

と、格子窓を指差した。

釜の薪が燃え、爆《は》ぜる音が聞こえる。火でかじかんだ手を解《ほぐ》すことができた。釜の斜め上に窓があり、格子の隙間から中を覗ける。

菊之丞と寅蔵は窓に近づいた。

湯舟に十兵衛がぷかっと浮かんでいる。両目をかっと見開き、鼻から下が湯に浸かり、両の足がにょきっと出ていた。

死んでいるのは一目瞭然だ。

菊之丞は寅蔵を従えて湯殿に入った。支度部屋の籠《かご》に着物が折り畳んであった。菊之丞は着物の裾《すそ》を捲り上げ、帯に挟んだ。寅蔵は股引《ももひき》の裾をずり上げる。

菊之丞が先に流し場に足を踏み入れた。

湯煙が格子窓から流れ消えてゆく。

「妙だな」

呟いてから菊之丞は寅蔵を促し、十兵衛の亡骸《なきがら》を湯舟から出した。菊之丞が肩を寅蔵が両足を持ち、湯舟から引き上げると洗い場にそっと横たえた。

「旦那、妙だっておっしゃいましたね」

寅蔵は確かめた。

「おお、そうだ。おまえ、妙だと思わなかったか」

菊之丞に問い直され、

「妙って言やあ妙ですね。死相が消えたっていうのに死んでしまったんですからね」

寅蔵は言った。

「おまえ、何度言わせたらわかるんだ。十兵衛には死相なんぞ出ていなかった。おれが、妙だって呟いたのは、ここに入った時、洗い場が濡れていなかったんだ、掛け湯、あるいは湯舟から溢れた湯の跡がなかった」

菊之丞の指摘に、

「そりゃ、乾いたんじゃないですか」

深くは考えずに寅蔵は答えた。

「乾く程の長湯をしていたということか。しかし、お伝は言っていた。十兵衛が湯に入ったのは四半時程前だ」

菊之丞は失笑を漏らした。

次いで、

「十兵衛の身体、傷はないな。毒を飲まされたのでもない。寝入ってしまって溺れ死んだようでもないな。それなら、湯舟の中で暴れる。洗い場は湯で濡れていたはずだ」

菊之丞は疑問を投げかけた。

「家相が悪いのだ」

という声が湯殿に響いた。

小野吉村が支度部屋に立っている。

菊之丞が視線を向けると、

「麻呂は申しましたぞ。家相上、特に湯殿が悪いのだと」

あたかも菊之丞のせいだと言わんばかりだ。

「おいおい、出鱈目はよしてくれ」

菊之丞は小野を睨みつけた。

「そなたのせいではない。麻呂は責任を感じておる。麻呂のお祓いでせっかく死相が消えたというのに、悪相の湯殿にゆくことを許してしまった。羽交い絞めにしてでも止めるべきであったのだ」

悲痛に顔を歪め、小野は嘆いた。

「物は言いようだな。あくまで、自分の八卦見は間違っていなかった、と言いたいのだろう」

菊之丞は笑った。

「十兵衛殿は心の臓が弱っておった。それが原因かもしれぬ。支度部屋は寒いからな。心の臓には何よりも悪い。八卦見が出鱈目と申すのならそういうことだ」

小野は言った。

「ああ、出鱈目もいいところだ」

菊之丞は洗い場を横切り、支度部屋も通り過ぎて湯殿から飛び出した。寅蔵も従い、小野もついて来た。

湯殿から外に出ると池に視線を向けた。

水面に張っていた氷が割れている。母屋の軒からぶら下がっている氷柱が何本か折れていた。

「小野さん、これだな、湯殿が悪相の原因は」

菊之丞は大刀を鞘《さや》ごと腰から抜いた。次いで池の側に寄ると、鞘の鐺《こじり》で池の表面を突いた。寅蔵を促し氷の欠片を取らせた。寅蔵は冷たい、と顔をしかめながら欠片を菊之丞に渡そうとした。

しかし、菊之丞は受け取らず、

「氷の欠片、氷柱、それが十兵衛の死因だよ」

菊之丞は小野からお伝に視線を向けた。

お伝は菊之丞の視線から逃れるようにうつむいた。

「あんたと小野、耕助は十兵衛を湯殿に運んだ。運ぶ前に眠り薬で眠らせてな。眠り薬はおれと寅蔵の酒にも入れたな」

頭がずきずきした、と菊之丞は指でこめかみを突いた。

「どうりで、あれっぽっちの酒で二日酔いになったわけだ」

寅蔵も納得した。

菊之丞は続ける。

「支度部屋で十兵衛の着物を脱がせると湯舟に横たえた。そこに池の氷や氷柱を入れたんだ。心の臓を病んでいた十兵衛はぽっくり逝ってしまった。それから、水を入れ、釜を焚いたんだ。氷や氷柱は湯に溶けてしまったってわけさ」

菊之丞の推量にお伝は異を唱えることなく、両手をついた。

菊之丞は腰に大刀を差し、

「さて、小野吉村」

と、呼びかけるや抜刀し、小野に迫った。

歌舞伎役者が悪役を演じる際の化粧はかくや、という悪党面に笑みが浮かんだ。悪戯坊主が大人をやりこめた時のうれしそうな笑顔にも見える。

小野は悲鳴を上げ、逃げようとした。逃がすものかと菊之丞は払い斬りを繰り出した。道服の両袖が切り裂かれ、何かの塊が地べたに落ちた。

寅蔵が塊を拾い上げた。

「こりゃ……ああ、蠟型だ。旦那、蠟型ですよ」

寅蔵は鍵の形を盗み取った蠟型だと言いながら菊之丞に差し出した。

今度はそれを受け取り、

「小野吉村、いや、煙の次郎右衛門、これがおまえの八卦見の正体だ。家相を見立てると言って、屋敷の中を見回り、金蔵を確かめたな。家相を見立てたおまえの絵図面、金蔵だけは今のままで良いとしていた。蠟型で鍵を作ってから盗み入るつもりだったんだろう」

菊之丞は蠟型を小野吉村こと煙の次郎右衛門に投げつけた。

蠟型は次郎右衛門の顔面を直撃した。

次郎右衛門は両手で顔を覆い、呻《うめ》き声を漏らした。耕助が飛び出し、菊之丞に体当たりをしたが、巨体の菊之丞はわずかによろけただけだ。

それでも逃亡の機会を与え、次郎右衛門は脱兎《だっと》の勢いで飛び出した。

「待ちやがれ！」

寅蔵は大声を上げて後を追った。

待てと言って待つ罪人はいない。耳を貸すことなく次郎右衛門は逃亡を続ける。

菊之丞は再び向かってくる耕助の両肩を摑み、

「邪魔だ！」

と、投げ飛ばした。

耕助の身体は弧を描き、真っ逆さまに池に落下した。ざぶんという音と共に耕助の悲鳴が響き渡った。

耕助に構わず、菊之丞は次郎右衛門を追いかけ寮を出た。ソップ型の力士のような巨体が震え、岩のような巨顔から怒声が放たれた。

田圃《たんぼ》の畦道《あぜみち》を次郎右衛門が逃げてゆく。それを寅蔵が追いかけていた。菊之丞も走り出した。

すると、次郎右衛門の前に三人の侍が立ちはだかった。

「お侍、そいつは盗人です。捕まえてください」

寅蔵が侍たちに助勢を求めた。

次郎右衛門は田植え前の泥田に足を踏み入れた。寅蔵も田圃に向かおうとした時、侍の一人が次郎右衛門を追いかけ、抜刀すると有無を言わさずに斬り捨てた。

「ああっ」

寅蔵は驚きの声を上げ、畦道で立ち尽くした。

菊之丞が追いついた。

次郎右衛門は泥田に倒れ伏し、ぴくりとも動かなくなった。侍たちは何事もなかったかのように立ち去ろうとした。

「おれは、南町の早瀬菊之丞と申す。あんたたちは……」

菊之丞は侍たちに問いかけた。

「礼は無用」

真ん中の男が返した。

「礼じゃない。こいつは盗人だ。おれがお縄にするところだったんだ。盗人でも吟味をした上に裁きを受けさせるのが法度ってもんだぜ。有無を言わさずばっさり斬り捨てるのは納得できない」

菊之丞は侍たちを責めた。

「拙者《せっしゃ》、直参《じきさん》旗本、菊田主水介《きくたもんどのすけ》と申す。向島の御前に仕える者だ。向島の御前は悪党どもを成敗する鉄槌組《てっついぐみ》を催された。こ奴を斬り捨てたのは、鉄槌組の役目の内である。鉄槌組の世直しが始まるぞ。法度の網にかからない悪党、町方や火盗改が捕えられぬ罪人どもに鉄槌を下してやる」

意気軒昂《けんこう》に語ると、菊田は菊之丞の話は聞こうともせず、二人を引き連れて立ち去った。

　遠ざかる菊田たちの背中を見ながら、

「向島の御前とは何者だ」

　菊之丞は寅蔵に問いかけた。

「黒金斎然《くろがねさいぜん》さまですよ」

　怖気《おぞけ》を振るって寅蔵は答えた。

「黒金と聞いてもわからんな」

　菊之丞は問を重ねた。

「ああ、そうか。旦那は長いこと、上方にいらしたんですものね。じゃあ、あっしの聞きかじりを紹介します。黒金さまは公儀の小納戸頭取でいらしたんですがね、隠居なさって向島に住んでおられます」

　小納戸役は将軍の身近に仕え、身の周りの世話をする。食膳を調《ととの》えたり、備品を調達する役割だ。斎然は学識があり、世事にも長《た》け、おまけに話し上手であることから、将軍徳川家斉《とくがわいえなり》の話し相手として重用された。それればかりか、大奥に仕えていた娘、お小夜《さよ》の方が家斉の側室となった。数多いる側室の中にあってもお小夜の方はひときわ家斉の寵愛《ちょうあい》を受け、それが斎然の権勢を高めた。

「そりゃもう、向島の御前といやあ大変な権勢でしてね。三年前に隠居なさって向島に御屋敷を構えたんですがね、連日、大勢の旗本衆が詰めかけるんですよ」

寅蔵は大したもんだ、と感嘆の声を上げた。

斎然は幕政に参画しているわけではないが、将軍家斉の厚い信頼を得ているとあって、幕府の人事に大きな影響力を持っている。そこで、非役の旗本たちは役職を斡旋《あっせん》してもらおうと猟官運動に馳せ参じているのだ。

「ふ〜ん、要するに将軍さまの下半身をがっちり握っているってことか。こりゃ強いだろうな」

菊之丞らしい遠慮会釈のない物言いで感心して見せた。

「旦那らしい物言いで痛快ですよ」

寅蔵は笑い声を上げた。

「その黒金斎然さまが鉄槌組なんて作って世直しか……どれ」

菊之丞は歩き出した。

遠く菊田たちの後ろ姿がある。

「何処へ行くんですよ」

寅蔵が問いかけると、

「向島の御前さまの御屋敷を見物するんだよ」

菊之丞は大股で歩き出した。


大川に沿って連なる墨堤を北上し、桜餅で有名な長命寺《ちょうめいじ》の先、寺島《てらしま》村の大川端に広がる広大な屋敷が黒金斎然の住まいであった。

斎然はここから屋形船で大川を下り、そのまま江戸城に乗りつけ、いつでも気軽に登城するそうだ。

屋敷の門前には、猟官運動にやってくる武士、大奥御用達を求めてやってくる商人があとを絶たず、そうした客を当て込んだ茶店、料理屋が立ち並ぶありさまである。

「門前、市を成す、とはこのことだな」

菊之丞は肩をそびやかした。

「ほんと、斎然さまの御威光には逆らえませんや」

寅蔵も感嘆の声を上げた。

この時、菊之丞は斎然の屋敷に不穏なものを感じた。観相上の悪相ということではない。

見たことも会ったこともない黒金斎然という実力者に、自分が翻弄される予感に囚われたのである。

お伝は十兵衛殺しを打ち明けた。

後妻で入ったのはあくまで金目当てであったのだ。心の臓を病んでいる、と聞き、先は短いと当て込んだのだが、後妻に入って三年経っても死なない。

そんな時、小野吉村の八卦見を知った。

十兵衛は殊《こと》の外《ほか》占いを気にする。そこで、小野に金を渡し、死相が現れているとお告げをして貰ったのだ。

案の定、十兵衛はお告げに怯えた。

小野はお祓いを持ちかけた。お伝は小野に氷風呂で十兵衛を殺す企てを持ちかけ、手助けを求めた。小野は十兵衛が死ねば、八卦見の良い宣伝になると喜んで引き受けた。

が、小野の意図は別にあった。

煙の次郎右衛門として伊勢屋から千両箱を盗み出そうと考えたのだ。八卦見を通じ、十兵衛から金蔵は寮にあると聞いていた。お祓いと家相占いを名目に、次郎右衛門は金蔵に掛けられた錠前の蠟型を取り、後日盗み入るつもりだったのだ。

お伝と次郎右衛門の欲が引き起こした死のお告げ騒動であった。

次郎右衛門はすでに斬殺され、耕助、お伝は死罪に処せられるが、伊勢屋は親戚から養子入りし、十兵衛の跡を継ぐそうだ。

菊之丞は伊勢屋の繁盛を確信した。

家相が良くなっているからだ。

黙って座れば、ぴたりと当たる、水野南北直伝の観相学で早瀬菊之丞は事件探索に邁進《まいしん》、いや、適当に怠けながら役目を遂行している。

いつしか、向島の御前こと黒金斎然と関わる予感を抱きながら……。

第二話　戯作の果て

一

如月《きさらぎ》の三日の朝、紅白の梅が咲き誇り、春の深まりを感じさせるが三寒四温とはよく言ったもの、冬に戻ったのではと思わせるような寒風が吹きすさんでいる。

芝神明宮《しばしんめいぐう》の境内《けいだい》で心中死体が見つかった。

寒さをものともせず、物見高い野次馬が詰めかけ、寺社奉行配下の役人たちから遠ざけられていた。

野次馬に紛れて一人の男が浮かない顔をしていた。男は野次馬の中にあって、心中の様子をじっと聞いていた。薄紫の着物を着流し、黒の紋付羽織を羽織っている。髪は総髪、柔和な顔だが目だけは異様に鋭い。

心中したのは芝にある小間物屋の息子と品川の遊郭《ゆうかく》の女郎ということだ。息子は店の金を持ちだし、女郎を身請けしたが、夫婦《めおと》になることは許されないとあって心中をした。どうやら、無理心中のようで、若旦那は剃刀《かみそり》で女郎の首を切った後、自分の喉《のど》も切り裂いたという。

よくある心中だと失望し、男は立ち去ろうと野次馬をかき分けた。

すると、

「土岐《とき》先生、お早うございます」

野次馬の一人が声をかけてきた。男は土岐三久《さんきゅう》という戯作者《げさくしゃ》だった。声をかけた男は戯作本の版元で地本問屋文殊屋《もんじゅや》の主人万次郎《まんじろう》である。

「万さんも物見高いね」

三久は笑顔を向けた。

「先生こそ、次の作品の参考ですか」

万次郎に返され、

「まあ、そんなところだよ」

「いやあ、先生、大変な評判ですよ」

万次郎は三久が書いた人情本、「春好絢爛仏僧伝《しゅんこうけんらんぶっそうでん》」が好評を博し、その終了を惜しむ声が上がっていることを語った。

人情本は、男女の恋模様を面白おかしく描く戯作の一種だ。

三久は、浄土宗の総本山、京の知恩院《ちおんいん》で修行していたが、

「煩悩が着物を着ているようなあたしが仏の道を進めるはずはないね」

自嘲気味の笑みを漏らしながら語るように、十三の時にお寺を出奔、その後旅芸人一座に加わって全国を興行して回った。

二十代半ばで一座の為に芝居の台本を書くようになると、徐々に評判が上がり、三十代半ばには他の旅芸人一座からも台本の依頼がくるようになった。

四十になると、自分を拾ってくれた座長が亡くなり、後継座長とはそりが合わなくて一座を辞め、戯作の道に入った。

芝居の台本は見物客の反応を見ながら書き直すことも珍しくはない。三久は見物客が欲する物語を書く才能を培った。その成果が戯作で花開き、十年に亘《わた》って第一線の戯作者として活躍している。

と言っても順風満帆ではなかった。五年前に突如として書けなくなった。

頭の中は空っぽ、一行の文章も浮かんでこない。

そんな時、万次郎に勧められ坊主修行の経験を生かした人情本を書いた。それまで、

坊主だった頃のことは封印していた。挫折感と出奔した罪悪感で触れたくはなかったのだ。

しかし、そんなことも言っていられなくなった。それほど追いつめられていたのだ。苦肉の策で書いた、「春好絢爛仏僧伝」は大好評を博したのだ。

美貌の青年僧である主人公が御所の女官や公家《くげ》の奥方、姫と奔放《ほんぽう》な恋を繰り広げるという娯楽性に富んだ作品だった。

光源氏《ひかるげんじ》も真っ蒼《さお》な程にモテまくる青年僧は若き日の三久の願望を叶《かな》えた理想像であった。

その、「春好絢爛仏僧伝」は主人公が天竺《てんじく》に旅立って一旦休刊となったのである。

「春好絢爛仏僧伝」以上の作品が期待されるだけに日々模索を繰り返し、今朝、女郎が殺されたと聞き、ともかくネタになるのではないかとやって来たのだ。

「先生、新境地を開かれることを期待しております」

万次郎の言葉は威圧感を以《もっ》て三久に迫ってきた。三久は視線を逸《そ》らし、うなずいた。

「明日のお昼の締め切り大丈夫ですよね」

万次郎はにこやかだが目は笑っていない。

「大丈夫だ」

ぶっきら棒に返した。

「なんだか、お疲れのようですよ」

「そんなことはないよ」

「先生、しばらくお休みになったらどうです。うちは困りませんから。いくらでも、書かしてくれって売り込んでくる作者がいますからね」

万次郎の人を小馬鹿にしたような物言いに、三久は反発心を抱き、

「大丈夫だ。明日の昼までに持って行く」

強い口調で言い返した。

万次郎は、「ではくれぐれも」と丁寧にお辞儀をして立ち去った。三久は慇懃《いんぎん》無礼な態度に腹を立てながら万次郎の背を見送った。万次郎が人混みに紛れたところで、

「やれやれ……」

独り言を言い、ふらふらと歩き出した。意地から明日の昼までに持って行くと言ったものの、まだ一枚も書けていない。気晴らしとネタ拾いを兼ねてやって来たのだが、さて、どうしたものか。ふと立ち止まって考えをまとめる。

「女郎殺しか」

恋のもつれの末に女郎を殺す。殺しても愛《いと》おしさが募り首を持ち帰る。主人公は女

郎を殺した男だ。どんな男がいいだろう。僧侶は使った、店者《たなもの》か、いや、浪人とするか。

三久はそんな考えを巡らせながら自宅に足を向けた。

自宅は芝神明宮にほど近い三島町の横丁を入ってどんつきにある敷地百坪ほどのしもた屋である。三島町には貸本屋が軒を連ね、三久は自作や競合作者の作品の評判を確かめている。

瓦葺《かわらぶき》の二階家で狭いながらも裏手に庭がある。三久は一人住まいで、通いの女中が掃除や飯炊きをしてくれた。

格子戸を開けると女中のお里《さと》が玄関で雑巾《ぞうきん》掛けをしていた。

「お帰りなさいまし」

お里は手拭いを姉さん被りにし、額《ひたい》に薄っすらと汗を滲ませている。浅黒い肌をした色気のない娘だ。

「ただいま」

三久は口の中でもごもごと言うと、式台を上がり奥に延びた廊下を進んだ。階段の裏手にある部屋の襖《ふすま》を開ける。そこが、三久の書斎だ。十畳と六畳の部屋の襖を取り払い一つの部屋として使っている。

部屋の周囲は書棚が立ち並び、戯作本ばかりか漢籍、和歌集、史書などがびっしりと収納されている。

文机《ふづくえ》の周りや畳には書き損じの紙が散乱し、足の踏み場もないほどだ。ところが、こんなありさまでありながらお里には絶対掃除をさせない。

それどころか、用事がある時以外、書斎に足を踏み入れることすら許さなかった。

「ふ〜ん」

三久は文机の前の座布団に座った。脇に置いてある火鉢に両手をかざした。寒さでかじかんだ手を揉《も》み解《ほぐ》しながら道々考えてきたことをまとめようと思うが、どうも筆を取る気がしない。

「つまらんな」

自分が考えていた筋立てのつまらなさに胸が悪くなる。三久はごろりと仰向《あおむ》けに寝転んだ。丸まった紙の屑《くず》を手に取る。書き損じだ。何気なく広げて見入る。つまらない。一瞥《いちべつ》したところで再び丸めて放り投げた。

万次郎は言っていた。

新境地を開かれることを期待しております。

新境地と言われても、恋物語をずっと書いてきたのだ。しかも、真面目《まじめ》とは程遠い物ばかりである。しかし、好評を博したではないか。なにを今更、新しい境地など。

三久は一向に筆が進まない理由を版元の我儘《わがまま》に求めた。すると、

「ごめんください」

勝手口から若い男の声がした。お里の足音が廊下を進んで行く。顔を見なくても誰かはわかる。貸本屋双葉屋《ふたばや》の米吉《よねきち》である。最初は去年の夏に訪ねて来た。ここを戯作者土岐三久の家と知らずにやって来たのだ。

戯作本の作者が他人の書いた戯作本を借りてたまるかと三久は門前払いにしたが、それから米吉は自分を土岐三久と知って連日訪ねてくるようになった。なんでも、「春好絢爛仏僧伝」の熱心な読者らしい。

訪ねて来るうちに、自分も戯作を書きたいと願望を伝えてきた。三久は相手にしないが、茶を飲みながら自分の作品を誉めてくれるのを聞くと悪い気はしない。また、他の作者のどんな本が借りられているか聞けることも役に立った。

この時代、庶民は本を買わずに借りて読むのが当たり前だった。その為、貸本屋が繁盛した。貸本屋は書物箱と呼ばれる荷を背負い、担当する町を振り当てられ、得意先を獲得し本を貸していたのだ。

得意先を獲得するに当たって、今、どんな本が人気があるのかを、顧客に報せるこ

とは大事な営業といえた。

筆が進まない、気晴らしに米吉とたわいもない話でもするか。

三久は文机に座り直した。

すると、

「先生、貸本屋の米吉さんです」

襖越しにお里がわかり切ったことを伝えた。

「こっちに呼んでおやり。それと、お茶と羊羹《ようかん》を切って持って来なさい」

「かしこまりました」

お里の足音が遠ざかり、代わりに米吉のどやどやとした足音が近づいて来た。

「先生、双葉屋の米吉です」

米吉は弾んだ声を出した。

「いいよ、入りなさい」

三久は文机に向かったまま返事を返した。

「失礼します」

襖が開き、米吉が入って来た。縞柄《しまがら》の着物を着流しにし、双葉屋の屋号が入った前掛けをしている。丸顔に丸い鼻と目までが丸い。団子のような顔をした小柄な男だ。

歳の頃、二十歳《はたち》前後といったところか。米吉は書物箱を脇に置き、両手をついた。

「弟子の米吉です」

米吉は改まった様子で再び声を放った。

二

「おい、弟子にした覚えはないぞ」

三久はゆっくりと振り返った。

「すいません。勝手に弟子になりました」

愛嬌のある丸顔で言われると三久は悪い気がしなかった。

「ああ、先生、これ、新作ですか」

米吉は文机の脇に散乱する紙くずを拾った。

「おい、おい、まだ、何を書くかも決まっていないんだ」

三久は恥部を見られたように米吉の手から紙を引っ手繰《たく》った。

「きっと、面白いんでしょうね」

米吉の瞳は輝きを放っている。

「うん、まあ、期待を違《たが》えることはないと思うぞ」

三久が言った時、お里が盆に茶と羊羹を載せてやって来た。

「まあ、羊羹でも食べなさい」

米吉は満面に笑みを広げた。

「先生、今度の作品はどんなです」

米吉は羊羹を食べるのももどかしい様子だ。

「うむ、まあ、それは、お楽しみということで」

三久は思わせぶりな笑みを返すに留めた。

「そうですか、そうですよね」

「まあ、次の作品はこれまでにない物をと思っているんだよ」

「それは楽しみですね」

米吉は顔を輝かせた。

「ところで、何か面白い本はないか」

三久が声をかけると、

「先生、是非、読んでいただきたい物があるんです」

米吉は真剣な顔つきをした。その表情から米吉の言いたいことがわかった。三久は顔をしかめたが、米吉は書物箱を振り返り、中から紙の束を出した。

「おい、米吉。わしは、おまえが書いた戯作など見ないと言ったはずだ。大体、戯作を書くような歳ではない」

しかし、三久の声など聞こえないように、

「先生、これなんです」

米吉は必死の形相《ぎょうそう》を浮かべ紙の束を押しやった。

「まったく、しょうがないな」

三久は横を向いた。

「おいらが書くものなんて、大したことないと思います。でも、読むだけ読んでいただけないでしょうか」

「駄目だ」

「何故でございます」

「今も言ったじゃないか。おまえのような歳若な者に戯作が書けるはずがないんだ」

「ですから、それは何故ですか。学問を積んでいないからですか」

「それもある。しかし、それだけではない。人の様々な暮らし、経験なくして戯作は書けはしないんだ。わしだって、坊主修行をした後、旅芸人一座に加わり、下働きから始めて、芝居の台本を書かせてもらったのは二十半ばだ。一座を辞めて戯作で食べられるようになったのは四十を超えていた。以来、五十に手が届く今日まで学問を怠らず、世の中の動きに敏感に耳をそばだてているからこそ、戯作者でいられるんだ」

三久は二十歳の若造が戯作者になりたいなどということが腹立たしく、現在、作品に行き詰まっていることの苛立《いらだ》ちも募り、つい強い口調になってしまった。

「たしかに、おいらは学問も修行もたりません。ただの若造です」

米吉はうつむいた。

「そうだ、おまえ、女を抱いたことすらないだろう」

つい、遠慮会釈もなくなじってしまった。米吉は言葉を返せずにいる。さすがに三久は言い過ぎたと思い、

「ま、今は戯作を書くことは無理だが、おまえにやる気があるのなら、将来は戯作者になれるかもしれん。それまで、様々な書物を読み、貸本屋の奉公に励むのだ」

三久は羊羹を口に入れた。米吉にも食べるよう目で促す。

「先生のおっしゃることはよくわかります」

「わかればいい」

「わかりますが、一つだけお聞かせください」

米吉は正座をし直した。三久は余裕の表情で受ける。

「先生は、経験が大事だとおっしゃいましたが、経験がなければ戯作は書けないものなのでしょうか」

「絶対書けないとは言わないが、経験を積めば作品に深みが出るのだ」

三久は当然とばかりに答える。

「では、人を殺すことを書くのに、実際に人を殺さなければならないのでしょうか」

米吉はここぞとばかりに理屈をこねた。

「そんなことはない。当たり前じゃないか」

三久は顔をしかめた。

「先生は禁裏の女官方やお公家さまの奥方や姫さまと枕を共になさったのですか」

米吉は畳み込んだ。

「そ、そんなことするはずがなかろう」

三久は気色《けしき》ばんだ。自身と自分の代表作をけなされたような気がした。

「ですよね。ですから、おいらは戯作というものは、戯作者の想像する力だと思うのです」

若造が何を偉そうにと腹が立ったが、

「それは、そういう面もある」

うなずいて見せた。

「たしかに、おいらの戯作など拙《つたな》いものです。ですが、今の自分で書ける精一杯の作品です。先生に是非読んでいただきたいのです」

米吉は訴えかけた。

「ま、それほど言うのなら」

三久は米吉が鬱陶《うっとう》しくなり、早く帰したくなった。読んでやるとでも言ってやれば帰るだろう。

「あ、ありがとうございます」

米吉は両手をついて何度も頭を下げた。

「今すぐには読めんが、暇を見つけて読んでみよう。おまえは、仕事があるだろう。早く、お得意を廻りなさい」

「はい、では、また、まいりますので」

米吉は声を弾ませ書物箱を背負った。

米吉がいなくなるとほっとしたように文机に向かった。

——経験がなければ戯作は書けないものなのでしょうか——

米吉の言葉が脳裏に浮かぶ。

「けっ、生意気言いおって」

米吉の奴、痛い所を突いてきた。三久は苦笑を浮かべる。筆を取り、白紙に向かう。首の無い女郎の亡骸《なきがら》が思い浮かぶ。二、三行書き出した。だが、うまく書けない。苛立ち紛れに紙をくしゃくしゃに丸める。

「駄目だ」

鼻で己を笑う。

いい話の筋が浮かばない。火鉢に当たりながら煙草盆《たばこぼん》を引き寄せた。煙管《きせる》に煙草を詰める。一服吸って煙を吐き出す。ふと、米吉が残していった紙の束に目をやった。

「ふん、こんな物」

三久は火鉢に放り込もうと手に取った。

だが、あの米吉のことだ。しつこく感想を求めてくるだろう。それに、返して欲しいと言ってくるに違いない。燃やしでもしたら大変な騒ぎになる。貸本屋の手代《てだい》がどう騒ごうと放っておけばいいのだが、新作に取り掛かっている今、周囲は静かに越したことはない。

なら、少しだけでも読んでやるか。どうせ、筆も進みそうにないのだ。

三久は米吉の書いた戯作もどきに視線を走らせた。紙紐《かみひも》で括《くく》られた束がいくつかあるところを見ると、複数の作品があるのだろう。紐を解《ほど》き斜め読みにする。単なる粗筋しかない物や粗筋なのか戯作なのかわからない中途半端な物ばかりだ。とても、戯作と呼べる物はない。

「ふん、えらそうに抜かしおって。なんだ、こんな物」

三久は鼻で笑った。次いで、米吉の作品を読んでしまったことに対する腹立たしさが胸にこみ上げた。

「無駄な時を過ごした」

三久は気を取り直すように大きく咳払《せきばら》いをすると、文机に向かった。硯箱《すずりばこ》から筆を取ったが、一文字も書き出せない。米吉の駄作を読んだことで、余計頭の中が混乱し、とても考えがまとまらない。

「畜生」

三久は筆を投げた。締め切りは明日なのだ。今のままではとても間に合わない。万次郎の慇懃《いんぎん》無礼な笑顔が脳裏に浮かぶ。たまらない不快感がこみ上げ、頭を掻《か》きむしり机に突っ伏した。格子窓から冬の弱い日差しが降り注いでくる。文机はいい具合に温まっていた。

三久はそのまま寝入ってしまった。それからどれくらい経ったであろうか。

「先生、先生」

襖越しにお里の声がした。三久はふと顔を上げた。日が傾き文机の周りを茜色《あかねいろ》に染めている。

「なんだい」

三久はあくびをしながら返した。

「あの、そろそろ、帰らせていただきたいのですが、なにか用事がございましたら言いつけてください」

お里は台所に食事は用意してあると言い添えた。

「いいよ、帰りなさい」

返事を返したとたん、お里の足音が去って行く。

「なんだ、寝てしまったのか」

三久は結局、一枚も書けなかった。しかし、明日の昼までに持って行くことを約束したのだ。

どうする。

三久は米吉の戯作もどきを思い出した。その中に、作品の体は成していないが粗筋《あらすじ》としては心に残るものがあった。

商家の女将《おかみ》と小僧の話だった。女将と小僧は親子関係にあるのだが、事情があって親子の名乗りを上げることができない。二人は親子であることを隠しながら世間に明らかにできる日を夢見て生きていく。そんな人情話が綴《つづ》ってあった。

「しょうがない、これをなんとかするか」

三久は米吉の紙の束を広げ、文机の上に置いた。そして、それを元に筆を走らせる。今まで書いたことのない種類の作品だ。親子の情愛、これまで恋に生きる奔放な好色男しか書いてこなかった三久にとっては未開の分野である。

書き上げてみると、悪くない。我ながら中々のできだ。たしかに、新境地が開かれた。

「よし、これで、口うるさい万次郎も文句は言うまい」

三久は満ち足りた疲労に包まれた。

三

翌四日の昼過ぎ、徹夜で執筆をして完成させた原稿を万次郎に届けてから、三久は眠りに落ちていた。書斎で仰向けになり、布団を敷くこともなく寝入ってしまったのだ。三久の安眠をお里の声が破った。米吉が訪ねて来たという。

「今日は会えないと言ってやれ」

三久は寝たまま不機嫌な返事を返した。

それから、声がしなくなった。どうやら、米吉は帰ったようだ。どうせ、また訪ねて来るに違いないが、今は安らかな眠りが欲しい。

三久はそのまま夕刻近くまで眠った。

「あ〜あ」

心地よいあくびを漏らす。ふと、腹が減っていることに気づいた。食事でもするかと、お里を呼んだ。だが、返事はない。もう帰ったのかと書斎を出て台所に向かった。

薄暗い台所の板敷きに卓袱台《ちゃぶだい》があり、そこに秋刀魚《さんま》の塩焼きと大根の煮付けが置いてある。

三久は土間に下り、へっついの種火を熾《おこ》した。すると、勝手口の戸が叩《たた》かれた。振り向くと、

「ごめんください。双葉屋の米吉です」

三久は顔をしかめたが、

「米吉か、入りなさい」

声をかけてやった。すぐに戸が開き、米吉は満面の笑みを浮かべ入って来た。

「ああ、すみません。お食事ですか」

「うむ、そうだが、どうした」

米吉の用事は戯作の感想を聞きに来たに決まっているのだが、相手をするのはめんどくさい。

「あの、昨日、お渡しした戯作なんですが、読んでいただけたでしょうか」

案の定か。三久は腹の中で舌打ちした。空腹が鬱陶しさを募らせ、

「読んだよ」

不機嫌に返した。

米吉は目に期待の色を浮かべた。

「いかがでした」

「駄目だ」

相手をしないという意志を込め、三久は箸で秋刀魚の身を解した。

「駄目……」

米吉は口をあんぐりとさせた。

そっぽを向き、食事を始めた。しかし、米吉は帰らない。好物の秋刀魚だが、味がしない。

三久は茶碗と箸を箱膳に音を立てて置き、

「なってない。当分、戯作は書かない方がいいよ。いや、諦めた方がいいだろう。おまえには才能がない」

と、冷たく言い放った。米吉は何か話したげだったが、

「飯を食っているんだ。帰ってくれ！」

強い口調で言い立てると、米吉は無言で立ち去った。

四

それから、十日が経った如月十四日の夕暮れである。

早瀬菊之丞は寅蔵と両国薬研堀にある縄暖簾《なわのれん》、江戸富士にいる。寅蔵の女房、お仙が営む店だ。

入れ込みの座敷にどっかと腰を据え、牡蠣《かき》の味噌鍋を肴《さかな》に熱燗《あつかん》を酌《く》み交わしあった。そろそろ牡蠣も終わりだから存分に賞味したいという菊之丞の頼みでお仙が腕を振ってくれた。濃い目の味噌で味付けられた出汁《だし》に太く切った葱と豆腐が入れられ、大量の牡蠣が煮込まれている。

「食えよ」

菊之丞は寅蔵に勧めながら、寅蔵が箸で摘まむ前に煮えた牡蠣を次々と小鉢に入れ、

「あちちちっ！」

と、ふうふう息を吹きかけながら平らげてゆく。お蔭で寅蔵は葱と豆腐ばかりを食し、

「牡蠣鍋じゃなくて、豆腐か葱鍋だ」

と、内心でぼやいた。

寅蔵を斟酌《しんしゃく》することなく、菊之丞は健啖《けんたん》ぶりを示した。

一段落ついたところで、

「あの、お頼みしたものですけど」

お仙が語りかけてきた。

「おお、書いといたよ」

菊之丞は懐《ふところ》から文を取り出した。

江戸富士の常連客の若い大工が懸想相手に恋文を出したいが、うまく書けないので
お仙に泣きついたのだ。お仙は寅蔵に頼んだが寅蔵は恋文を書く柄じゃないし、字は
下手糞《へたくそ》だと断ったことから、菊之丞にお鉢が回ってきたのだ。

任せろ、と菊之丞は快く引き受けた。

「すみません、こんなことを頼んで」

お仙は申し訳なさそうに受け取ると調理場に向かった。

すると、寅蔵は一冊の書物を取り出し、天井から吊り下げられた八間行灯《はちけんあんどん》の灯りを
頼りに目を通した。

「何を読んでいるんだ」

菊之丞が聞くと、

「土岐三久の新作ですよ」

寅蔵は黄色い表紙を菊之丞に向けた。

「誰だ、土岐なんとかって」

菊之丞は首を傾《かし》げた。

「売れっ子の戯作者ですよ」

「曲亭馬琴《きょくていばきん》なら知ってるがな」

関心を示さず、菊之丞は酒の替わりを頼んだ。

「曲亭馬琴も面白いですがね、あっしは三久の方が好きですよ」

寅蔵が言ったところで、お仙が酒を持って来た。

「まあ、おまいさん、また三久かい」

責めるようなお仙の物言いに、

「どうした」

菊之丞はお仙のほうを向いた。

「三久って、その……」

お仙は話し辛《づら》そうだ。代わって寅蔵が、

「主人公がですよ、好色な作品が多いんですよ。大奥の女中やらお大名の奥方やらといい仲になっていくんです。そこが面白いんですよ」

「モテないはげ寅の願望を叶えてくれるってわけか」

菊之丞らしい毒舌を口にし、がははと笑った。寅蔵は、「どうせモテませんよ」

とむくれてから、

「でも、この新作は違うんですよ。今までの三久の作品と違って親子の情を描いているんです。泣かせますよ。三久の新境地ってわけなんですよ」

取り繕うように言うと、三久の新作、「浮世忍親子慕情」を小机に置いた。お仙は適当に相槌《あいづち》を打つと料理場に引っ込んだ。

「読んでみますか」

寅蔵は菊之丞に勧めたが、

「読まないよ」

にべもなく菊之丞は断った。

「面白いんですがね」

寅蔵は書物を懐中に仕舞った。

菊之丞たちが和《なご》やかに飲み食いをしていた日の夕刻、貸本屋双葉屋の米吉は暗い目をして三久の新作、「浮世忍親子慕情」を見ていた。得意先廻りの途中、三田功運寺《みたこううんじ》の門前町にある茶店で茶を飲みながら三久の新作を広げたのだ。十日前、冷たく追い払われ、才能がないとなじられ、あれから三久の家には行っていない。

しかし、新作が出たと聞けば読まずにはいられなかった。胸を躍らせ読み始めたものの、次第に胸が塞《ふさ》がれ、不快感に襲われ、最後には怒りが胸をついた。

「三久の奴、よくもおいらの戯作を」

三久の新作は米吉が読んでくださいと置いてきたものの一つだった。その中で最も自信のある作品である。

「駄目だ。なってないなんて言いやがって」

米吉は三久の新作を握り締めた。

「こうなったら、黙ってなんかいられねえ。よくもおいらを馬鹿にしやがったな。なにが人生経験がないだ、なにが学問がないだ」

米吉は悔し涙で目を腫らした。書物箱を背負い、一路店に向かった。既に、夕闇が迫っていた。

五

十五日の昼、三久は満足感で一杯だった。新作は万次郎から好評であることを聞いた。見事に新境地を開いた作品だと誉めちぎられた。これで、良い春を過ごせそうである。

桜が咲いたら、花見の宴を催そう。何処に行こうか。芝界隈《かいわい》じゃ物足りない。墨堤《ぼくてい》か飛鳥山《あすかやま》まで足を延ばそう。万次郎に頼んで芸者連れで贅沢《ぜいたく》な花見弁当を仕立てて……。

そんな思いを抱きながら三久は書斎でひと仕事を終えた後、酒でも飲みに行こうと腰を上げた。お里は既に帰っている。すると、

「ごめんください」

勝手口で大きな声がした。

「米吉か」

三久は舌打ちをした。思い当たる。きっと、今度の新作について文句を言いに来たに違いない。自分の作品と似ているじゃないか、と文句を並べる気だろう。

ま、一朱金でもやれば黙るだろう。

三久は台所に行き、勝手口の戸を開けた。憤怒の形相をした米吉が立っていた。

「よく来たな。そろ、そろ、来るころだろうと思っていたんだ」

三久は笑顔で米吉を中に導いた。米吉は口をとがらせ無言で入って来た。

三久は鼻歌を口ずさみながら書斎に入った。

「どうした、ここんとこ、顔を見せなかったじゃないか。風邪でもひいていたのかい」

三久はどっかと座り米吉にも座るよう促した。米吉は立ったまま書物箱から一冊の本を取り出し、三久に突きつけた。

「おお、これか。読んでくれたのか」

三久の新作、「浮世忍親子慕情」である。

「読みました」

米吉はぶっきらぼうに声を放った。

「そうか、ありがとう。まあ、座りなさい」

三久に言われ米吉はどすんと腰を下ろした。

「どうした、さっきから、馬鹿に機嫌が悪いようだが」

三久は米吉の視線を逃れるように煙草盆を引き寄せ、煙管に煙草を詰め始めた。

「先生、この戯作、おいらのだ」

米吉は単刀直入に言った。

「なにを言うんだい」

三久は煙草を吸い、煙を目で追った。

「先生はおいらの作品を盗んだんだ」

米吉は暗い目をした。

「盗んだ、馬鹿なこと言うな」

「盗んだんじゃないか」

「おまえね、たしかにわしはおまえさんの書いた物を読みました。読んで、参考にはしたよ。でもね、おまえもわしの新作を読んだからわかったと思うけど、細かい所はだいぶ違うんだ。それに、おまえのはとても戯作とは呼べない代物だったよ。人さまに読んでいただけるような体を成していなかったんだ」

三久は嚙《か》んで含めるような言い方をした。米吉は激しく首を横に振った。

「そんなの言い訳だ。これは、おいらの戯作だ」

そのあまりの激しさに三久は気圧《けお》され、

「まあ、話は最後までお聞き」

精一杯の笑顔を送った。米吉は黙り込んだ。

「だからな、わしとて、なにもただでとは思っていない。たしかに、おまえの書いた物は戯作には程遠かったが、参考にはなった。だから、ちゃんと礼はしようと思っていたんだ」

三久は財布から一朱金を取り出し米吉の前に置いた。米吉は視線を落としたが、

「こんなものいらねえ」

と、強く首を左右に振った。

「おい、そんな……遠慮するな」

「遠慮じゃねえ。こんなはした金でおいらのことを丸め込もうなんて、先生、見損なったよ」

米吉は書物箱を背負った。その、恨みがましい態度に三久は危機感を抱いた。

「じゃあ、一分やろう」

「金なんていらねえ。おいら、このこと万次郎さんに言いつけてやる」

「な、なんだって……」

三久は声を上ずらせた。

「万次郎さんにこの作品はおいらが書いたんだ、それを土岐三久に盗まれたんだって言ってやるんだ」

三久の脳裏に万次郎の皮肉げな笑みが浮かんだ。「先生もしばらくお休みになったらどうです。うちは困りませんから。いくらでも、書かしてくれって売り込んでくる作者がいますからね」

「ま、待て」

三久は米吉の着物の袂《たもと》を摑《つか》んだ。米吉は三久の手を振り解こうとした。

「わかった。じゃあな、わしが万次郎に掛け合ってやる。おまえの戯作が出版できるよう計らってやろう」

必死で三久は訴えかけた。米吉は書物箱を畳に置いた。

「本当ですか」

米吉の顔から険しさが抜け落ちた。

「ああ、請け負うとも」

三久はほっとした。

「ありがとうございます」

米吉は一転して真摯《しんし》な表情になった。

こういう手合いは厄介《やっかい》だ。自分に才能があると思い込み、これからもうるさいくらいにまとわりついてくるに違いない。ただでさえ、創作に行き詰まっているのだ。

こんな男にまとわりつかれては……。

厄介なだけでは済まない。これからもなにかと盗作したことを持ち出すに違いない。

それに、この若造の才能もないのに自惚《うぬぼ》れた態度。言いようのないほどの憎悪が募る。

　こんな奴、消え去れ！

　三久は頭脳を回転させた。自分でも驚くほどに良い考えが浮かび、素晴らしい筋となった。

「じゃあな、早速だけど、何か書いてみろ」

「今ですか」

「ああ、善は急げ、だ」

「でも、すぐにと言われましても、なにを書いたらいいのか」

「そりゃそうだな。じゃあな、こうしよう。双葉屋の女将さんというのは評判の美人なんだって」

「ええ、まあ」

　米吉は口ごもった。たしかに、女将のお京《きょう》は柳橋の芸者の出ということもあり、色っぽいと評判だ。

「それで、その女将に恋焦がれる手代がいる。ところが、叶わぬ恋だ。手代は恋焦がれるあまり、生きていられなくなり、自害して果てる、とまあこんな筋立てにしようか」

三久は米吉がお京のことをしばしば口にし、とてもやさしい女将さんだと言っていることを思い出した。恋心を抱いているのかはわからないが、悪い気持ちは持っていないだろう。ひょっとすると店の者にもお京のことを、好感を持って話しているかもしれない。

三久はそれを利用することを思いついたのだ。

「はあ、そうですか」

米吉は要領を得ない様子である。ところが、三久はさっさと文机に行き米吉を手招きした。米吉は文机に向かう。

「じゃあな、手代の遺書から書いてみようか。今日は稽古だ。ええっと、名前は取りあえず、双葉屋さんの女将さんとおまえの名にしておこうか」

米吉は三久に言われるままお京宛の遺書の文面を書いた。

「駄目だ、もうちょっと、女将に対する心情を吐露しないと」

三久に言われ、米吉は必死で書く。何枚か書いてから、

「これがいい」

三久は言った。目に暗い光をたたえていた。

六

翌朝、菊之丞は寅蔵と共に芝三島町にある長屋にやって来た。

「なんでも毒を飲んで自害したそうですよ」

寅蔵が言った。

「何の毒なんだ。河豚《ふぐ》かどくだみか……それを言わないとわからないだろう。ああ、そうかはげ薬か」

菊之丞はがははははと声を上げて笑った。

「石見《いわみ》銀山だそうですよ」

不機嫌に寅蔵は答えた。

二人はやり取りをしながら現場に至った。現場は九尺二間《けん》のいわゆる棟割長屋である。亡骸は四畳半の板敷きに寝かされていた。

既に、医師の小幡草庵《おばたそうあん》が検死を終えていた。草庵は南町奉行所が扱う殺しの検死を行っている。菊之丞や寅蔵とは顔馴染《かおなじ》みだ。

「先生、仏は毒を飲んで自害ですか」

寅蔵が声をかけると、

「石見銀山を飲んでいたが、自分で飲んだのか他人に飲まされたのかまではわからん」

当たり前のことを聞くなとばかりに草庵は顔をしかめた。菊之丞と医者から揶揄《やゆ》され、寅蔵はむっつりと黙り込んだ。

部屋には布団に行灯、文机があり、たくさんの書物があった。

「仏、ずいぶんと若いようですが、本が好きだったんですね」

寅蔵は何冊か取りあげた。

「本好きに若いも年寄りもないさ」

またも菊之丞は寅蔵をくさすと、周囲を見回す。

「ああ、これ、遺書のようだぞ」

菊之丞は文机の上に広げられた書付を手に取った。寅蔵が覗《のぞ》いてくる。

「お京さんへ、わたしはあなたを想うと身が焦がれそうです。耐えられないほどに身が熱くなります。心が溶けそうです。でも、あなたにはご亭主が。わたしは奉公人の身。所詮《しょせん》は叶わぬ恋です。でも、諦められない。でも、諦めなければならない。でも、そんなことはできない。この苦しみから逃れるには死しかありません。わたしは死にます。今度生まれ変わった時には、あなたと一緒になることを祈りつつ。米吉」

声を出して菊之丞は読み終えた。不謹慎ながら、読んでいるうちに気恥ずかしさとおかしさがこみ上げてきた。

「どんな女だか知らないけど、ここまで惚れられれば女冥利《みょうり》に尽きるってもんだ。いや、却《かえ》って重荷かもな」

菊之丞の言葉に、

「それにしたって、若い身空で自害なんて……命を粗末にするにも程がありますよ」

寅蔵は嘆いた。

二人のやり取りに加わることなく、

「仏は酒を相当飲んでいるな」

草庵は冷静に検死を続けている。

草庵の診立てを裏付けるように、菊之丞は文机の横に転がった徳利と茶碗を拾い上げた。確かに徳利の底にわずかに酒が残っている。

「酒を飲みながら、このお京って亭主持ちの女に恋心を募らせ、石見銀山をあおったか……酒の勢いで石見銀山を飲んだのか、それとも、石見銀山を服用する覚悟を決めたが、死への恐れを酒で誤魔化そうとしたのか……それは置いておくとして、このお京って女はこいつの奉公先の女将なのか」

菊之丞の問いかけに、寅蔵は立ち会いの大家に尋ねた。大家は、「米吉が勤めている双葉屋の女将です」と答えた。

「で、その女将、そんなにいい女なのか。若造が死にたいくらいに身を焦がすような女だったのかい」

菊之丞らしい無遠慮さで確かめた。

「それは、もう。この界隈では評判の美人です」

大家は心持ち頬《ほお》を緩めながら答えた。

「そうか、じゃあ、その美人の顔を見に、いや、話を聞きに行くか」

菊之丞は寅蔵を促した。

「そうですね」

寅蔵は立ち上がったが、菊之丞は部屋の中に散乱した書物から一冊に注目して拾い上げた。

「土岐三久だ」

菊之丞が言うと、寅蔵も書物を見回す。

「おや、三久の作品ばかりですね。米吉は三久の愛読者だったのか」

自分も三久の愛読者である寅蔵は興味津々の目で書物を見渡した。

すると、

「まてよ、ああそうか、そういうことか」

突如として、菊之丞はなにか閃《ひらめ》いたように巨顔を明るくした。

寅蔵は危ぶんだ。

観相《かんそう》が炸裂しそうだ。

独断と偏見を極めた推理を観相と称して菊之丞は展開するに違いない。警戒心を抱き恐る恐る寅蔵は聞く。

「どうしたんです。まさか、米吉の自害は三久と関係があるんですか」

当然のように菊之丞は、「ある」と肯定してから述べ立てた。

「大有りだ。米吉の観相は無念さというより、希望が現れている。自害をした者の観相ではないな」

菊之丞の表情には微塵《みじん》の迷いもない。

やっぱりだ。これだけのことで決めにかかっている。

「そうなんですかね……米吉はお京に恋焦がれた。しかし、人妻であり奉公先の女将、結ばれぬことに絶望して毒を飲んだというのが素直な見立てじゃないですか」

寅蔵が反論すると、

「素直な見立てが正しいとは限らんさ。米吉は自害する気なんかこれっぽっちもなかったんだ。間違いない。黙って座ればぴたりと当たる、水野南北先生直伝《じきでん》の観相学がそう言っているさ。米吉は希望に溢《あふ》れていたんだ。その希望は土岐三久の戯作に関係するだろうよ。いずれかの戯作に希望を見たのか、それとも他の何かか……」

菊之丞は顎《あご》を掻いた。

「じゃあ、菊之丞の旦那は殺しだってお考えですか」

寅蔵は疑わしげに問いかけた。

「自害じゃなかったら、殺しか事故だ。酒を飲んでいてうっかり石見銀山を混入させた、ということはあり得なくはないが、殺しの線で探索をするぞ」

菊之丞に促され、寅蔵は腰を上げた。

双葉屋は同じ三島町の表通りに面した貸本屋だった。間口五間ほどの店である。土間を隔てて小上がりになった十五畳の店がある。店には多くの書物があり、奥に帳場机があった。

そこにお京はいた。既に米吉の自害の報せを聞いているらしく菊之丞と寅蔵を見るとすぐに店先にやって来た。

なるほど、米吉が恋焦がれたのがわかる瓜実顔《うりざねがお》の美人だ。くっきりとした目鼻立ち、目が充血し腫れているのは米吉の死を悲しんでいたのだろう。それが、不謹慎ながら年増の色香を感じさせる。

「このたびは、お手を煩わせまして」

お京は声を上ずらせながら深々と頭を下げた。

「ま、ここではなんだ、ゆっくりと話を聞こうか」

菊之丞が言うと、店の奥にある座敷に移った。

改めて寅蔵はお京を見た。

派手な女を想像していたのだが、目の前にいるお京は意外と地味である。弁慶縞の小袖《こそで》に帯も地味な茶色の帯で、髪を飾るのは朱の玉簪《たまかんざし》だけ、顔を飾る化粧も紅を薄く引いているに過ぎない。それでも、並外れて目鼻立ちが整っている為、美人という評判を落とすものではなかった。

亭主で双葉屋の主人滝蔵《たきぞう》は病がちということで、店の切り盛りをしているという。

菊之丞はお京への問いかけを寅蔵に任せた。

「米吉……まさか、自害するなんて」

お京は涙ぐんだ。

「いつからこちらに奉公しているんですか」

寅蔵が聞くと、

「十年前からです。小僧の頃からですから」

声を詰まらせながらお京は答えた。

「それは長いですね。女将さん、お辛いでしょうが、米吉の自害に心当たりはありませんか」

お京は着物の袖で目頭を拭い、

「さあ、わたしにはとんと」

途方に暮れたような顔をした。

「最近、塞ぎこんでいたとか、何かに悩んでいたとかありませんか」

「特には、気づきませんでしたが」

お京の顔に嘘は感じられなかった。

ここで菊之丞が口を開いた。

「えてして惚れられている方は案外と気づかないって場合が結構あるもんだ。米吉の一途な片思いだったたってことだな」

戸惑いの表情のお京を見ながら、菊之丞は寅蔵を促した。

「実は、米吉さん、こんな物を書き残していたんですよ」

寅蔵は懐中から米吉の遺書を取り出した。お京は手に取り読んでいたが、困惑するようにさかんに首をひねった。

「米吉は女将さんに恋焦がれていたんですよ。せめて、気持ちだけでも受け止めてやってくださいな」

寅蔵の口調はどこか芝居じみたものになった。

「いや、そんなことは……」

お京は顔をしかめ困惑の表情のままだ。

「女将さんにしてみれば、突然こんなことを知らされたんだから、びっくりするのは無理もないが、これが米吉の気持ちだったんだ」

どうかわかってやっておくんなさい、と寅蔵は言い添えた。

「いいえ、こんな馬鹿なこと」

お京は首を何度も横に振った。菊之丞はその表情に容易ならないものを感じた。ところが、寅蔵は米吉の死と三久の作中人物を結びつけ、それを解くことができない。

「馬鹿なことかもしれないのが恋心ってもんですよ。どうか、米吉の気持ちを汲み取って冥福を祈ってやりな」

「でも、こんなことはありえないのです」

お京は断固とした表情と声音で否定した。寅蔵は、

「わからない人だな」

尚も説得するように身を乗り出したが、菊之丞はお京の表情を汲み取り、

「どうしたわけなんだ」

間に入るように問う。

「ここだけの話にしてください」

お京は真剣な眼差《まなざ》しを菊之丞と寅蔵に向けてきた。寅蔵は尚もお京を説得したそうだったが、菊之丞に袖を強く引っ張られ、口を閉ざした。

お京は言った。

「実は、米吉はわたしの息子なのです」

七

一瞬の沈黙の後、

「そうだったのか」

驚いたのは寅蔵だった。菊之丞はお京の困惑ぶりから予想していた。

「ええ、わたしが柳橋で芸者をしていた時に小唄のお師匠さんとの間にもうけた子供なんです」

お京は再び涙目になった。

米吉は小唄の師匠に引き取られた。それから、お京は今の亭主である双葉屋の主人滝蔵に娶《めと》られた。ところが、小唄の師匠が十年前に死んだ。お京は滝蔵の了解を得て米吉を引き取り、住み込みで小僧として働かせた。米吉は二年前から長屋に一人で住むようになった。

このことを知るのは滝蔵と米吉だけである。世間体を憚《はばか》り、店の奉公人にも得意先にも話していない。米吉にも固く口止めをし、誰も知る者はいなかったという。

「ですから、米吉がこんな文を書いたとは、とても思えないのです」

「では、この遺書ですが、米吉の筆使いですか」

寅蔵が聞いた。

「そうですね。これは、米吉が書いたものに間違いありません」

お京は、「ちょっと待ってください」と帳場机から帳面を持って来た。寅蔵は手渡され、頁を捲《めく》り遺書と見比べる。

「同じ筆使いですね」

寅蔵は菊之丞に見せた。

菊之丞も同意した。

「すると、やはり、この遺書は米吉が書いたことになりますよ」

寅蔵は思案するように腕組みをした。

菊之丞が、

「遺書を書いたのは米吉だったとしても、息子が母親に恋焦がれることはないさ。孝行心を抱いたとしてもな」

と、断じた。

「するってえと、どういうことなんでしょう」

自分の考えが外れて混乱し、寅蔵は困惑した。

「おれが言った通りだろう。米吉は自害したんじゃないって。米吉の死相には希望が溢れていたんだって」

観相を菊之丞は蒸し返した。

菊之丞と寅蔵はお京に悔やみの言葉を残し店に戻った。店では番頭の三蔵《さんぞう》が待っていた。

「あいにくと他の者たちはお得意先を廻っておりますので、わたしがみなに成り代わりましてお話をお聞きします」

その間、客の応対は手代とお京が行った。菊之丞と寅蔵は店の隅で三蔵から話を聞いた。

「米吉の勤めぶりを聞かせてくれ」

寅蔵が話を向けると、

「まじめだったと言いたいところですがね……。仏を悪く言うのは気が引けるんですが」

三蔵は顔をくもらせたが、

「ここだけの話ということで、何でも包み隠さずに話してください」

菊之丞に言われ、

「では、申し上げます。米吉にはずいぶんと困っておりました」

三蔵は顔をしかめ語り出した。米吉はとにかく戯作好きで馬琴や三久の作品に夢中になるあまり、得意先廻りを怠ることもしばしばだった。

「自分でも下手くそな戯作まがいの物を書いて、いつか戯作者になるんだって、張り切っていましたね。それは勝手ですが、米吉が廻らなければならないお得意先から苦情がきて、店の者がずいぶん尻拭いをしていました」

「そう言えば、土岐三久の戯作がたくさん部屋にあったな」

寅蔵はふんふんとうなずいた。

「そうそう、土岐先生の家にも押しかけていたようですよ。弟子にしてもらうんだって」

「へえ、そうなんだ。三久の家はここから近いのかい」

寅蔵は三久の名を聞き、好奇心を抱いた。

「ええ、横丁を入ってどんつきの一軒家ですよ」

三蔵とのやり取りを終え、

「行ってみますか、なにか参考になるかもしれません」

寅蔵の考えに菊之丞も異存がない。

「やはり、おれの観相通りだったな。米吉の死相に現れていた希望は土岐三久と関係していたんだ。弟子入りが叶ったのかもしれないぞ」

満足そうに菊之丞はうなずいた。

さすがは菊之丞の旦那です、と誉め上げてから寅蔵は、

「ところで、米吉の自害に心当たりはないか」

と、三蔵に確かめた。

「さあ、とんと」

三蔵は首をひねるばかりだ。

「最近、塞ぎ込むようなことはなかったですかね。誰かに恋焦がれているとか、そのことで悩んでいるとか」

寅蔵はお京が片思いの相手ではないのは受け入れたが、まだ恋路に胸を焦がされての自害という線を捨てきれないようだ。

「米吉が、恋ですか。いいえ、そんなこと、ちっとも気づきませんでした。一体、どこの誰を恋焦がれていたというのです」

三蔵は混迷を深めるばかりだ。

八

「茶を淹《い》れてくれ」

三久は文机に向かったまま声を放った。筆が滑らかに進む。胸のわだかまりがなくなり晴れやかな気分だ。お里の足音が近づき、襖が開けられた。

「おお、ありがとう」

三久は微笑《ほほえ》みながら振り返った。

「あの、先生。時々、顔を出していた双葉屋さんの米吉さん、亡くなったそうですよ」

お里に言われ三久はわずかに小首を傾げて見せた。

「米吉……ああ、あの若い男か。ふ〜ん、どうして亡くなったんだ」

「それがね」

お里は声を潜めた。三久と自分以外には誰もいるはずはない。三久にはその仕草が妙におかしかったが、もちろんそんなことは口に出せない。

「自害だそうですよ」

お里は、「かわいそうに」と目を伏せた。

「そりゃ意外だね、いつも元気な様子だったが、なにか思い悩むことがあったのだろうな。あたら若い命を……」

三久はため息を吐《つ》いた。

「どんなことがあったのでしょうね。先生、何度かお話をなすってらしたでしょ。心当たりありませんか」

お里は興味津々の様子だ。

「わしが知るはずがないだろう」

三久は茶を飲み干して文机に向き直った。お里は、「そうですね」と出て行った。

三久は昨晩のことを思い浮かべた。

米吉は三久の指南により、お京への恋心を綴り遺書とした。それを見た三久は、万次郎に紹介してやると請け負った。今晩は祝宴だと米吉に酒を飲ませた。米吉はすっかり上機嫌になった。あまり強くないという酒を飲み、すっかり酔っ払った。

米吉は千鳥足で家に帰った。三久は付かず離れずの距離を保ってあとをつけ、米吉が家に入るのと同時に入った。徳利を持ち、もっと飲もうと油断させ、石見銀山を混入させた酒を飲ませた。そして、自害したように見せかけるため文机の上に指南した遺書を置いた。

「これでよし」

三久は米吉が書き残した戯作もどきを丸めた。捨てようかと思ったが便所紙か鼻紙にでもするかと文机の脇に積んでおいた。

すると、

「御免」

玄関から声がした。お里の足音が往復するのが聞こえる。

「先生、南の御奉行所からお役人さまがお目にかかりたいとまいられました」

奉行所の役人だと。どうしてわしの所になどやって来るのだ。

人情本の取り締まりか……。

いや、ひょっとして米吉の件か。

米吉の件なら、誰も目撃者はいなかったはずだ。自分と米吉の死を結びつけるものもない……。

ともかく、会わないわけにはいかないだろう。

「お通ししなさい」

三久は筆を硯箱に置き気持ちを落ち着けた。

「ここが、土岐三久の家ですか。一体どういう男なんでしょうね。そういやあ、若い頃、旅芸人の一座に加わっていたそうですよ。あっしは、役者上がりの色男だと思いますぜ」

三久の家の玄関で寅蔵は好奇心を示した。菊之丞は三久にも戯作にも興味がないため、落ち着いたものである。

やがて、お里に案内され玄関を上がり、廊下を奥に進む。お里が襖越しに声を放った。

「どうぞ」

ややしわがれた声が聞こえ、お里が襖を開けた。

「失礼します」

寅蔵は礼儀正しい所作で部屋に入ろうとしたが菊之丞はお構いなし、どかどかと足を踏み入れ三久の前にどっかと腰を下ろした。

「おれは、南町の早瀬菊之丞だ。こいつは、手札を与えている岡っ引、薬研の寅蔵、略してはげ寅、いや、やげ寅だ」

菊之丞は捲し立てた。

寅蔵は眼前に座っている男が、自分が想像していた土岐三久とのあまりの違いに心なしか失望の色を浮かべている。

「土岐三久です」

三久は威厳を示すように胸を反らした。三久の挨拶を受けると寅蔵は気を取り直し、

「いやあ、先生の戯作は全部読んでるんですよ」

聞き込みそっち退けで言った。

「それは、それは」

三久は人情本の取り締まりではないと判断した。すると、米吉のことか。

「春好絢爛仏僧伝、あれで終わりじゃないんでしょ」

寅蔵は期待の籠《こも》った目をした。

「ええ、まあ。みなさんからも続きが読みたいと望まれているようですからな」

「そうでしょ。あっしが想像するにですよ、今後の展開なんですがね、天竺の王族の姫とですね」

寅蔵が横道に外れっ放しになったので菊之丞は背中をつついた。寅蔵は、照れるように咳払いをした。

「どうも、失礼しました。実は本日お伺いしましたのは、双葉屋の手代米吉が自害したのです」

寅蔵はまじめな顔になった。

「ああ、つい、今しがたお里、いや、女中ですが、お里から聞きました。驚きましたよ。中々、いい若者で。わしの家にも時折来ておったのです。あたら若い命を……」

三久はまるっきりしらばくれるのは却って不都合と思った。寅蔵が身を乗り出し、

「それで、お伺いしましたのは、米吉の自害について何かお心当たりはないかと思ったのです」

「ええ？　遺書があったでしょ」

言ってから三久はしまったと思った。口を滑らせてしまった。いや、そんなことはない。自害だと言っているのだ。遺書があると考えるのが普通だろう。

「あ、いや、自害と聞きましたのでな、遺書くらいはあったのかと」

慌てて取り繕った。

幸い寅蔵は不審がらず、

「ええ、たしかにあったんです。ところが、その遺書、不審な点があるんですよ」

「まさか、米吉本人が書き残した物ではないと」

またも、勇み足だ。

不審な点であると聞いて米吉が書いたものではない、と考えるのは飛躍だ。

「いえ、筆使いから米吉が書き残したものに違いないのです」

寅蔵は意外なことを言った。

「ということは？」

「文面が変なんですよ」

寅蔵は実の母であるお京に恋焦がれて死ぬことの不思議さを述べ立てた。

三久の背中を冷たい汗が伝った。

女将と米吉が実の親子だったなんて。

「たしかに変ですな」

三久はぽつりと漏らすのが精一杯だ。

「あの、店の者にも聞いたのですが、米吉は戯作に夢中で特に先生の作品を愛読していたとか。なんでも、弟子入りまでしたと自慢していたそうです。それで、先生になら、自害せねばならないほどの悩みを打ち明けていたのではないかと思いまして」

寅蔵は問いかけた。

「弟子入り、そんなことを言っておりましたか」

実際に弟子にした覚えはない。米吉が勝手に自分でそう言っていただけだ。自分は嘘をついているわけじゃない。

「先生は、弟子などにした覚えはないとおっしゃるんですね」

「そうですな」

「ですが、米吉は戯作まがいの物を書いておったとか。それ、先生ご覧になりましたか」

「いいえ」

「ご覧になってはいない」

寅蔵は念押しをした。

「ええ」

三久は嘘を言っているだけに言葉に力が入らない。ふと、大柄な同心に目をやると紙の束を手に取っている。駄目だ、米吉の書いた束だ。三久は止めさせようと思ったが、

「これ、先生の新作ですかい」

大柄な同心、早瀬菊之丞が問いかけてきた。

「ああ、書き損じですよ」

咄嗟《とっさ》に取り繕う。つい、視線が泳いでしまった。その不自然に視点の定まらない顔を菊之丞はじっと見た。一瞥すれば、それが米吉の字だとわかった。

どうして、米吉が書いた物がここにある。

菊之丞の胸に強い疑念が渦巻いた。

「これは先生の書き損じですか」

菊之丞はわざと小首を傾げて見せた。

「いやあ、愚にもつかぬものばかりじゃが、捨てるのも勿体《もったい》ない故、便所紙にでもしようと思っておったところなのです」

まだ、米吉が書いたことを隠そうとしている。ここは、責めてみる値打ちがありそうだ。

「そうですか、しかし、こりゃ、米吉が書いたものじゃないかな」

菊之丞が言うと、

「本当ですか」

寅蔵は覗き込んできた。

「この筆使い、間違いないぞ」

菊之丞が断定すると、

「先生にしては拙《つたな》いと思ったんだ」

寅蔵は三久を露ほども疑っていない。無理もない、愛読者だけに三久に会えたことがうれしくてならないのだろう。

だが、おれは違う。三久がどんなに売れっ子の戯作者であろうと、疑念が湧けばそれが解消されるまで遠慮はしない。

「ああ、そうじゃった。そうじゃった」

三久はさもうっかりしていたように額を手で叩いた。一旦、疑念の目を向けているせいか、わざとらしさを感じてしまう。

「先生、やっぱり、米吉は戯作を見せていたんだろう」

わざと菊之丞は笑いかけた。

「うん、そうじゃった。忘れていたよ。なにやら、戯作を書いてきたんでな。どうしても、読んで欲しいというもので、まあ、読んでやるかと置いておくように言いつけたんです」

「で、読んだのかい」

菊之丞は巨顔に笑みを貼り付かせた。

「少しだけですが。でも、正直言ってとても物にはならない代物でしたな」

三久は舌打ちした。

「そらそうですよね。米吉にまともな戯作を書けるはずがありませんよ」

寅蔵は素直に信じている。

「で、そのこと、米吉には伝えたんだな」

菊之丞の問いかけに三久は口をつぐんだ。

思いもかけない親子関係により、遺書の偽造は失敗した。しかし、米吉の死はあくまで自害だと町奉行所で処理させなければならない。

それには、

「はっきりと言ってやりました。おまえには戯作の才能がない、諦めた方がいいと、こんこんと諭してやりました」

三久はしんみりとした口調をした。

「それですよ」

寅蔵は大きくうなずいた。菊之丞には寅蔵の思考の道筋が手に取るようにわかった。

「米吉は戯作者になれないと自分の前途に絶望して命を絶った、とはげ寅は推量したんだな」

「そういうこってすよ」

寅蔵は自信たっぷりにうなずいた。

三久はしめしめという思いを胸の中に閉じ込め、

「だとしたら、気の毒なことをしました」

しみじみと言った。

「先生の責任じゃありませんよ」

寅蔵は同情を寄せた。

「しかし、わしが、あのようなことを言わなければ、米吉は自らの命を絶つことはなかったのかと思うと」

悲しみと責任を感じるように三久は深刻な顔をした。

「いや、先生。先生は米吉に戯作の才能がないことをはっきりと言ってやったのですから、むしろ、それは米吉のためを思ったのですよ」

寅蔵は庇《かば》ってくれた。

「もちろんです。わしとしましては、戯作者になるなどという夢など抱かず、今の仕事を一生懸命やれと諭したつもりだったのですがね……」

「とにかく、先生に非はありません、ねえ、菊之丞の旦那」

寅蔵は菊之丞に同意を求めた。

ところが案に相違して、

「いや、おれは先生が悪いと思うぞ」

菊之丞はきっぱりと断じた。

寅蔵は口をあんぐりとさせた。

三久は肩を落とし、

「そ、そうかもしれませんな。もっと、きっぱりと言ってやるべきでした。おまえは、戯作者にはなれない、と。深く悔いております」

菊之丞はにやりとし、

「先生よ、おれが言いたいのはそんなまどろっこしいことじゃないんだよ。ずばりあんたが米吉を殺したんだよ。毒でな」

と、ぎろりと目をむき、役者まがいの見得を切った。

「そ、そんな……一体、何を証《あかし》に……」

三久の胸が高鳴り、舌がもつれる。

「おっと、出たな決まり文句が。罪人はな、決まって証はあるかって開き直るんだ。証なんぞはすぐに集まる。首を洗って待っているか、奉行所に出頭して、洗いざらい打ち明けるんだな」

菊之丞はがははははと高笑いをした。

いかん、騙《だま》されるな、と三久は自分を鼓舞した。この同心ははったりをかましているだけだ。証など見つかるものか。当てずっぽうの推論しかできないのを誤魔化す為に、脅しているのだ。

「早瀬さま、とにかく証をお持ちください。では、仕事が詰まっておりますので」

話を打ち切るべく三久は文机に向かった。

寅蔵は二人のやり取りに加わることができず、うつむいていた。

「よし、出直すぞ」

菊之丞は寅蔵を促し、立ち上がった。

「そうだ、先生、これに先生のご署名を」

懐中から三久の新作、「浮世忍親子慕情」を取り出し、署名してください、と頼んだ。菊之丞の暴走を補おうと思ったのだ。

「ああ、早速、買ってくださったのか」

三久は快く寅蔵の申し出に応じた。文机に向かって、表紙にすらすらと名前を綴った。

「ありがとうございます」

寅蔵は喜色満面で礼を述べた。

九

菊之丞と寅蔵がいなくなると、三久は米吉が書いた戯作もどきを集めた。

「いかん、油断しておった」

全て燃やしてしまおうと思った。

表に出ると、

「旦那、肝を冷やしましたよ。いくらなんでも、三久が米吉を殺したなんて」

寅蔵は困った顔で菊之丞を責めた。

「おれは本当のことを言ったまでだ。観相に出ていたぞ。書斎は悪相、三久の顔にも邪悪の念が現れていた」

さらりと菊之丞は言ってのけた。

「そりゃ、観相には出ていたかもしれませんが、それでお縄にはできませんよ」

寅蔵は顔をしかめたが、本に署名してもらって機嫌が良い。

「ちょっと見せろ」

菊之丞は寅蔵の手から三久の新作を引っ手繰《たく》るように取ったものだから、寅蔵は泡を食ったような顔をして、

「大事に扱ってくださいよ」

と、言った。

菊之丞は江戸富士で寅蔵が三久の新作について捲し立てていたことを思い出したのだ。名乗りを上げることのできない親と子の話だと寅蔵は言っていた。

これは、ひょっとして米吉とお京のことではないか。


芝神明宮門前の茶店に入ると、菊之丞は三久の戯作を読み始めた。

「面白いでしょう」

寅蔵は自慢げに聞いてくる。

「うるさい」

菊之丞は視線を凝らした。寅蔵が横からなんやかやと口を挟んでくるが、それを無視して作品に集中する。一通り読み終えたところで、

「やっぱりだ」

菊之丞は顔を輝かせた。

「面白かったでしょう」

寅蔵は我が意を得たりと手を打った。

「これ、借りるぞ」

菊之丞は茶店を飛び出した。

「貸本屋で……ああ、そうだ。双葉屋で借りてくださいよ」

返してもらおうとしたが、草団子と茶が運ばれて来たので、浮かした腰を落ち着けた。草団子を頬張り、

「大事にしてくださいよ」

見る見る小さくなっていく菊之丞の背中に声を放った。


菊之丞は米吉の家に入った。もちろん、既に亡骸はお京が引き取っていた。今晩お通夜ということらしい。さすがに、ここに至っては親子であることを奉公人に告げるつもりなのだろう。

菊之丞は文机の周りを探った。米吉は戯作執筆にことのほか熱心だった。さきほど三久の書斎で見た米吉の原稿は、字は下手であったが誤字、脱字の類《たぐい》はなかった。訂正の墨入れの跡もない。実にきれいな原稿だった。

つまり、米吉は清書したに違いないのだ。それはそうだろう。尊敬し、師とも仰ぐ三久に見せるのだ。清書したきれいな原稿を渡すのが当然だ。ということは、下書きがあるはずだ。

菊之丞は文机の脇にある、紙の束を見つけた。束は紙紐で括られ、いくつかの束に

なって分けられている。ぱらぱらと捲る。やはりだ。こちらの方は、字は殴り書き、脱字、誤字が頻繁に見受けられる。所々には訂正の墨で塗りつぶされていた。書いた本人以外の者が判読しようとすると、いささかの労力を要する。

その中から、やっとのことで三久の新作に似た物を探した。一昨晩、寅蔵が盛んに面白いと言っていたときは適当に聞き流していたのだが、耳に残ったことがあった。

新作はこれまでの三久の作品とは趣《おもむき》を異にする、新境地の作品だ。これまで、男女の奔放な恋物語を得意にしていた三久が親子の情を描いたというのだ。しかも、その親子というのはお互い、名乗り出ることができない立場にあるという。

(そうだ、お京と米吉だ)

菊之丞は、三久の新作とは米吉が書いたものではなかったのかと思った。三久は米吉の作品を見たことを隠そうとした。何故だ。答えははっきりしている。米吉が書いた作品を盗作したからだろう。すると、米吉の自害はどうなる。三久に盗作されたと絶望してということか。

「いや、違う」

菊之丞は言葉が口をついた。

あの遺書だ。三久に盗作されたことを恨みに思って自害するとすれば、そのことを遺書に綴ったに違いない。ところが、米吉の残した遺書は実の母であるお京を想うあまりの焦がれ死にである。

米吉の遺書は偽造されたに違いない。遺書が偽造ということは、米吉は自害ではなく、殺されたということだ。米吉の遺書を偽造したのは、三久以外には考えられない。では、三久はいかにして偽造したのか。

菊之丞は思案を巡らせた。

すると、江戸富士での光景が甦《よみがえ》った。大工の恋文の代筆を頼まれた。

「そうだ、それだ」

菊之丞は手を打った。

米吉は三久の代筆をした。但し、代筆といっても単なる文の代筆ではない。文面は米吉からお京に宛てたものであって、三久がお京に宛てたものではないからだ。だから、これは文の代筆ではない。戯作の代筆。いや、指南と言った方が適当か。

米吉は三久から戯作の指南を受けたのだ。どういう経緯《いきさつ》からああいった文面になったのかはわからない。しかし、三久は米吉をなんとか言いくるめてああいった文面を書かせたに違いない。

ところが、三久はお京と米吉がまさか実の親子とは知らなかった。菊之丞は米吉の死は三久による殺しだと確信した。

「よし、土岐三久、お縄にしてやる」

菊之丞は米吉の書いた下書きの束を行李にあった風呂敷に包み、それを背負うと表に飛び出した。

「おお、どうなさいました」

寅蔵が能天気にやって来た。たちまち、菊之丞の背中の風呂敷に目を向けてくる。

「これから、土岐三久の所に行く」

「どうして?」

「お縄にするからに決まっているだろう」

十

お里が再び南町奉行所の役人がやって来たと告げた。

(なんの用だ)

三久はいぶかったがすぐに、さてはあの岡っ引が色々と話を聞きたくなって戻って来たのだなと思った。鬱陶しいがああまで率直に誉めてくれると悪い気がしない。

三久は笑みを浮かべ閉じられた襖を見ると襖が開き、

「おお、逃げずにいたか」

意外にも早瀬菊之丞が入って来た。

「あ、あ、いや、まあ、どうぞ」

三久は戸惑いながらも座布団を勧めた。

菊之丞は背負った風呂敷を、「よっこらしょっ」と畳に置き結び目を解いた。中から紙の束が出てきた。

「これ、米吉が熱心に書き溜めた戯作なんだ」

三久はどきりとした。

米吉の戯作なら処分した。持参して来た物以外にも書いた物があったのか。

「いやあ、好きこそ物の上手なれとはよく言ったものだな。読んでみると、中々面白い」

菊之丞は無邪気な笑顔を送った。とたんに三久は顔をしかめた。やはりだ。三久は米吉の戯作を相当見下している。よし、米吉の戯作を攻め口にしよう。

三久は内心舌打ちした。これだから、素人は困る。米吉の愚にもつかない戯作が面白いなどと。

「おや、先生は評価されないのかい」

「まあ、さきほども申した通り、取るに足らぬ駄作ばかりですな」

「おや、これはまた手厳しい」

菊之丞は顔をしかめた。

「わしは戯作を生業《なりわい》としておるのです。遊び半分ではござらん」

「米吉は遊び半分だったと言いたいのか」

「そういうわけではないが、余暇にやっていることに変わりはない」

「それにしては、面白い作品もあったがな」

菊之丞は思わせぶりな笑みを浮かべた。

「一体、なにをおっしゃりたいのですか」

三久は苛立った。菊之丞の意図が読めないのだ。

「米吉の作品の中に先生の新作とそっくりな物を見つけたんだ」

菊之丞は紙の束の一つを摑み出した。

三久は心の臓を鷲摑《わしづか》みにされたような衝撃を受けた。まさか、そんなはずは。あの作品はちょっと前に火鉢にくべたのだ。燃やしたのだ。

「これだよ」

菊之丞は突き出した。三久は動揺を悟られまいと、わざと咳払いをして右手で受け取る。束を広げ思わず、うめき声を漏らしてしまった。

（そうか、下書きがあったのか）

三久は心の内で舌打ちすると視線を走らせた。ひどい字、誤字、脱字、塗りつぶしだらけの汚い原稿だ。とても読めたものではないが、清書を読んでいたため書いてあることはよくわかる。

だが、

「なんだか、汚くてよくわかりませんな」

とぼけるように横を向いた。

「なら、おれが読み上げるよ」

菊之丞は三久の手から紙の束を取り戻し、声を上げて読み始めた。三久はしかめっ面で黙っていた。四半時ほど読み進んでから、

「先生の新作と似ているねえ」

「まあ、筋立ては……ですが、戯作は筋立てだけではないのです」

「それにしても、筋がこうまで似ているというのはどうなのだろうな。盗作と言っていいんじゃないか」

「盗作などと、このわしが、米吉のような素人の愚にもつかぬ出来損ないの戯作もどきを盗むはずがない」

三久はいきり立った。

「しかし、こうまで似ているとなると」

「まあ、参考にした程度です」

額に汗を滲ませ、三久は言い立てた。

「参考ねえ。なるほど。つまり、先生は米吉の才能をお認めになったということになるな」

「馬鹿な！」

両目を吊り上げ、三久は声を上ずらせた。

「否定なさるのですか。しかし、それは嫉妬の裏返しなんじゃないのか」

歌舞伎役者が悪役を演じる際の化粧はかくや、という悪党面に笑みが浮かんだ。悪《いた》戯《ずら》坊主が大人をやり込めた時のような笑顔でもある。

「嫉妬じゃと、わしがなんであんな若造に嫉妬なんぞ」

三久は畳を叩いた。正気ではなくなっている。

「先生は米吉の若さとその才能に嫉妬したのだよ」

「あんな若造に才能なんぞあるはずがない」

「そんなことはない。現に、先生が盗作、いや、参考にされた新作『浮世忍親子慕情』は先生の最高傑作だという評判だ。さっき一緒にまいりました岡っ引の寅蔵は先生の戯作を全て読んでいるという熱烈な愛読者だが、一番面白いって。先生の代表作だって」

菊之丞は米吉の下書きを手に取り、わざとらしく、「傑作だよな」とつぶやいた。

「これだから、素人は困るのだ。あれが、最高傑作じゃと。わしの代表作じゃと」

三久は唇を震わせた。

「戯作の読者はみな素人だ。素人が読んで面白くなくては傑作とは言えないんじゃないか。そのことは玄人《くろうと》の先生もよくご存知のはずだよ。だから、歴史に題材する読本ではなく素人受けのする人情本を書かれるようになった。それで、多くの読者を得た。『浮世忍親子慕情』が先生の代表作ということは、素人受けのする筋立てを考えた米吉に負けたんだな」

小馬鹿にしたように菊之丞は鼻で笑った。

「負けたじゃと」

三久は拳を握り締め、摑みかからんばかりだ。

「ええ、負けたんだ。あんたは米吉に嫉妬をしたんだよ。悔しくてしょうがなかった。自分よりも優れた才能にね」

菊之丞は笑い声を上げげた。

「違う、あいつに才能なんかない。あいつでまあ、ましだったのはそれだけだ」

三久は憤怒の形相で菊之丞が手にした紙の束を指差した。

「あとの物は使い物にならなかった。それとて、わしが、かなり手を入れたからこそ素晴らしい作品に仕上がったんだ。みろ、あとの作品なんぞ！　それなのにあいつは自分に才能があると思い込んでいた。その上、盗作だとわしを脅しおった。なんで、このわしが。江戸で一番の人気戯作者土岐三久が、あんな若造に脅され、見下されねばならんのじゃ。まったく、鼻持ちならん奴だった。この世にいることが許せない奴じゃった」

三久は目を血走らせ口から唾を飛ばしながら捲し立てた。

菊之丞はそれを冷静な目で見た。その冷ややかな視線に気づき、自白したことを悟った。

「実際、これだけだったんだ」

三久の顔はつき物がおちたような穏やかさをたたえた。

「あんたが、殺したのだね」

菊之丞は静かな口調で問いかけた。

三久は首を縦に振った。

「米吉に嫉妬なんぞしていないと言ったが、心の奥底ではしていたのかもしれませんな。『春好絢爛仏僧伝』が終わってから、さっぱり書けなくなった。どうしようもなくなってしまった。そんな時だ。米吉の戯作を読んだのは。作品自体は愚にもつかないものばかりだったが、わしは盗んでしまった。きっと、わしにない魅力を感じたのだろう。それが、嫉妬と言えば嫉妬です」

三久は薄く笑った。

「行こうか」

菊之丞は腰を上げた。

「今回のことを戯作にすれば、わしの代表作になるかもしれませんな」

三久は皮肉っぽく笑った。

第三話　剣聖の犯罪

一

如月二十日の朝、早瀬菊之丞は南町奉行所に出仕した。

さて、町廻り以外にはやることがない。すると、

「与力の紀藤幸太郎《きとうこうたろう》さまがお呼びですよ」

と、中間《ちゅうげん》に呼ばれた。

「与力さまがおれに……何の御用件だろうな。あ、そうか。日頃の役目熱心につき、感状を下さるのかな。たっぷりと報奨金を添えて」

と、陽気に言ったが誰ともなく、

「きっと、お咎《とが》めだぞ」

「怠けの報いだ」

などとからかいの言葉を投げてきた。

用があると伝えてきた中間も賛同するかのような含み笑いを漏らしている。菊之丞自身、日頃の所業を本気で誇ってはいない。それどころか、揶揄《やゆ》している連中と同じ考えだ。

それでも、彼らへの反発心から、菊之丞は肩を怒らせ、与力用部屋へと向かった。

与力用部屋に入ると、

「おお、早瀬丑之丞《うしのじょう》か」

紀藤はにこやかに声をかけてきた。

三十前後、剣の腕は南町きっての使い手と評判だ。きびきびとした動作がそのことを裏付けている。

「菊之丞ですよ」

むっとして菊之丞は返した。

「ああ、そうであったか。しかし、丑之丞の方が似合いだから構わぬではないか」

親しみのつもりか、紀藤は冗談めかして言い添えた。

「構わぬって……そりゃ、紀藤さまは構わないでしょうがね、おれや親は承知しませんよ」

親しまず、菊之丞は不快に言い返した。

「それも、そうだな」

紀藤は笑って誤魔化した。

「で、御用向きは何でしょうか」

改めて菊之丞は問いかけた。

「そなた、相当に変わった剣を使うそうだな」

紀藤は真顔になった。

紀藤の剣術熱心さを物語っている。菊之丞の観相《かんそう》を活用した剣術を聞きつけ、強い興味を抱いたのだろう。

「他人から見たら変わっているでしょうがね、おれはそんな風には思いませんよ。まあ、無手勝流《むてかつりゅう》ですが、我流であるだけに、自分に合った剣術ってわけですよ」

与力だろうが、おもねることなく菊之丞は言い返した。

「なるほど、それが道理というものじゃな。うむ、ともかく、わしと一緒に出掛けるぞ」

思いもかけないことを紀藤は言った。

「町廻りをしなくてもいいいんですか」

役目への責任感というより、町廻りの途中に湯屋の二階や茶店、薬研堀の江戸富士で怠けられない不満から問いかけた。

「構わぬ。与力たるわしが同道致すのだ。立派な公用であるぞ」

紀藤は笑みを浮かべた。

「どちらへ」

乗り気ではないことを伝えるように、うかない声音で菊之丞は確かめた。

心持ち紀藤は力を込めて答えた。

「直参《じきさん》旗本先手組弓頭、梅沢慶四郎《うめざわけいしろう》さまの御屋敷だ」

旗本屋敷に行くのか、面白くないだろうな、という不満が生じた。

「梅沢さまの御屋敷に行くと、良いことがあるんですか。それなら、お供しますがね」

菊之丞は顎《あご》を掻《か》いた。

「ああ、良いことがあるとも。わしは同心どもの中から特別にそなたを選んでやったのじゃ」

恩着せがましく紀藤は言った。

「良いことって何ですよ。美味《うま》い料理や酒をごちになれるんですか」

菊之丞は猪口を傾ける格好をした。

「料理や酒よりもありがたいものじゃ。梅沢慶四郎さまの武名はそなたも存じておろう」

常識のように紀藤に問われたが、

「知りませんな」

さらりと菊之丞は答えた。

不満そうに紀藤は眉根《まゆね》を寄せたが、

「ああ、そうか。そなたは上方暮らしが長かったのだから知らぬのも無理はないな。梅沢さまは直心影流《じきしんかげりゅう》免許皆伝の腕。それに留まらず、独自に剣の研鑽《けんさん》を積まれ、剣聖と称えられるに至った。特に炎返しという技は無敵じゃ。今は家督を嫡男宗太郎《そうたろう》さまに譲られ、芝増上寺《ぞうじょうじ》近くの別宅にて剣術道場を開いておられる。梅沢さまを慕い、大勢の門人が詰めかけているのだぞ」

頬を紅潮させ、紀藤は語った。

梅沢道場に入門するのは定員に限りがあって無理であるが、希望者は稽古や見学を許されている。もっとも希望者も多い為に順番待ちであるとか。

紀藤の願いが叶《かな》い、見学が許されたのだが一つ条件をつけられた。南町奉行所で特異な剣術を使う者を帯同せよということだ。

「わかりましたよ。ご一緒致します」

渋々ながら菊之丞は承知した。

菊之丞は紀藤と共に芝増上寺近くにある梅沢慶四郎の別邸にやって来た。

梅沢は妻に先立たれ、子供たちは番町《ばんちょう》の本邸に居住しており、別邸には一人住まいだ。通いの奉公人が五人余り、住み込みが一人いるそうだ。住み込みの奉公人は梅沢家に仕えてきた中間で、梅沢の身辺の世話をして三十年になる。

梅沢は剣豪にふさわしく、火盗改《かとうあらため》の頭取を務めたこともある。火盗改の頃は数多《あまた》の盗賊を捕縛、成敗をし、寛政の頃に勇名を馳せた火盗改頭取長谷川平蔵宣以《はせがわへいぞうのぶため》が、「鬼平《おにへい》」と呼ばれたことに倣《なら》って、「鬼慶《おにけい》」という二つ名が付けられていた。

また、将軍徳川家斉の御前試合で三年連続優勝を果たした。その後、御前試合には出場せず、後進に道を譲った。

梅沢の盛名は轟《とどろ》き渡り、別邸内に構える道場には旗本の子弟たちが入門し、日々、剣の研鑽を積んでいる。

「剣術のお稽古をしなきゃいけませんか。道着も木刀も持参していませんよ」

不満そうに菊之丞は言った。

「見学の際に、御指南を受けるかもしれない。道着、木刀はこちらの道場に備えられたものを使うそうだ」

胸を張って紀藤は梅沢道場に招かれるのは大変な名誉なのだ、と言い添えた。

「へ〜え、そりゃ、末代までの誉ですな」

皮肉のつもりで菊之丞は言ったのだが、

「梅沢さまから剣の指南を受けるのは特別な栄誉だ」

紀藤は大真面目《おおまじめ》に返した。

「そりゃ、凄《すご》い」

生返事をしてから、

「おれを誘って、後悔しないでくださいよ。おれの剣術は無手勝流もいいところなんですからね」

菊之丞は言った。

「もう一度申す。梅沢さまからな、奉行所で一番の変わった剣の使い手を連れて来るよう要望されたのだ」

しれっと紀藤は返した。

「じゃあ、おれはおれのやり方でやればいいんですね」

菊之丞は念押しをした。

「そうだ。但し、くれぐれも礼を失するなよ」

釘を刺すように紀藤は言った。

「無礼なのを含んでおれ流なんですがね」

がはははと菊之丞は笑った。


梅沢屋敷の道場に案内された。

案内に立ったのは三十年に亘《わた》って梅沢に仕えている奉公人の峰吉《みねきち》だ。五尺五寸はあろうかという長身。小袖《こそで》の裾《すそ》を捲《まく》り上げて帯に挟んでいる。きびきびとした所作、浅黒く日焼けした逞《たくま》しい面差《おもざ》し、肩幅が広いがっしりとした身体《からだ》、袖から覗《のぞ》く丸太のような二の腕、ひょっとしたら峰吉も梅沢から剣術の指南を受けているのでは、と菊之丞は思った。

紀藤は緊張で強張《こわば》った表情だ。

対して菊之丞は、

「昼飯、出るんですかね」

などと腹をさすっている。

「くだらぬことを申すな」

紀藤は嫌な顔をした。

「くだらなくはないですよ。大事なことじゃないですか。腹が減っては、戦は出来ぬ、です」

菊之丞が反論すると、

「武士は食わねど高楊枝じゃ」

と、紀藤から返され、

「なるほど、物は言いようですな」

菊之丞は肩をすぼめた。


道場にやって来た。

瓦葺《かわらぶき》の一階家である。その前庭には白砂が敷かれ、紺の道着を着た男たちが黙々と木刀を振っている。

「こちらへ」

峰吉が前庭の隅にある小屋へと導いた。

「こちらで、御着替えください」

小屋は支度部屋であった。

引き戸を開けると板の間があり、刀掛けが用意されていた。大小はそこに掛けておくということだ。刀掛けの前には紺の道着と木刀の他、着物を入れておく籠《かご》が置いてあった。

「それから、これは当道場の約束事なのですが、道場では名前のみをお名乗りください。役職、素性は語らないでください」

それは守ってください、と峰吉は強く言ってから支度部屋から出ていった。峰吉の姿が見えなくなってから、

「身分、素性はこの道場では不要ということだな。身分、素性で特別視はしない、あるいは、立ち会いの際の配慮にしない、という梅沢さまのお考えなのであろう。梅沢道場の門人は全てが平等ということだ」

紀藤は感心したように言った。

「なるほどね。それはいいとして、腹が減ったな」

再び菊之丞は腹をさすった。

紀藤は嫌な顔をした。


菊之丞と紀藤は紺の道着に着替え、道場に入った。

見所を背に初老の武士が正座をしていた。菊之丞は紀藤と共に武士の前に座る。

まず、

「南町……、いえ、紀藤幸太郎であります」

と、紀藤が緊張の面持ちで鯱《しゃちほこ》張って挨拶をした。

続いて菊之丞が、

「おれは早瀬菊之丞だ」

ぶっきら棒に言い放った。

「梅沢慶四郎でござる」

静かに梅沢は名乗った。

枯れ木のように痩せ細った身体を紺の道着に包み、白髪交じりの髪、眼光鋭く剣豪としての威厳を漂わせていた。正座をしていても小柄だとわかる。

火盗改の頭取として、「鬼慶」の異名を取ったこと、将軍御前試合で三年連続優勝した実績から巨軀《きょく》とまではいかなくても、偉丈夫を想像していた。しかし、実績と照らし、小柄な身体が剣豪としての梅沢の凄みを感じさせもする。

小柄な梅沢が群がる盗賊どもをばったばったと斬り伏せる様子を想像する。太刀筋《たちすじ》に一切の無駄がなく、力強いものに違いない。

加えて菊之丞には意外な点があった。

梅沢の観相には何も現れていないのだ。

いや、何もということはないが、剣の使い手にありがちな殺気、強い闘争心が相に出ていない。

まるで清流のようだ。

菊之丞は梅沢と手合わせがしたくなった。

「まずは、身体を解《ほぐ》すがよい。しかる後に、門人と手合わせをしてもらおう」

淡々と梅沢は告げた。

「承知しました」

声を励まし、紀藤は意気込んだ。

菊之丞と紀藤は前庭で木刀の素振りをした。

紀藤の気合いは凄《すさ》まじく、額から玉のような汗を滴らせ、懸命に木刀を振るっている。菊之丞は適当に木刀を動かすだけで、休んではあくびを漏らした。

やがて道場の中に入るよう門人に言われた。

「よし」

紀藤は言った。

「早く、終わらないかな」

菊之丞は嫌々、従った。

道場で菊之丞は門人の一人と手合わせをした。

門人は服部《はっとり》とだけ名乗り、木刀を大上段に構えた。

菊之丞も早瀬と告げ、下段に構える。

武者窓の格子の隙間から陽光が差し込み、二人の影が板敷に引かれた。

「てえい！」

すり足で間合いを詰めると、服部は渾身の力で大刀を振り下ろした。鋭い太刀筋で木刀が菊之丞の頭上を襲う。

脳天に達する寸前、菊之丞は右に避けていた。

木刀が空を切り、服部は前にのめった。

挑発するように菊之丞は服部の前に立つ。

「おのれ」

顔を朱色に染め、服部は突きを繰り出した。

と、菊之丞はわずかに巨顔を右に避けた。

木刀の切っ先が菊之丞の肩すれすれに外れる。

当惑しながらも、服部は下段に構え直すと菊之丞の胴を狙《ねら》って斬り上げた。

今度も虚《むな》しく木刀は菊之丞の胴すれすれに空を切った。

服部は汗まみれだ。顔といい首筋といい大粒の汗を滴らせ、道着の衿や背中には黒い染みが出来ている。

息を荒らげ、服部は大刀を八双《はっそう》に構えた。

その時、菊之丞は両目を閉じた。

おやっとなった服部が動きを止める。

直後、菊之丞はかっと両目を見開き、迅速に間合いを詰めると、服部の籠手《こて》を打った。

服部の手から木刀が落ち、服部はがっくりと膝《ひざ》をついた。

二

「見事なり」

梅沢は菊之丞を賞賛した。

菊之丞はうれしがりもせず、

「梅沢さま、お手合せを願いたい」

と、返した。

紀藤や門人たちが菊之丞を無礼だと引き留めたが、

「よかろう」

梅沢は応じてくれた。


道場の真ん中で菊之丞は梅沢と対峙《たいじ》した。

二人とも正眼《せいがん》の構えだ。

巨軀の菊之丞に対し、五尺そこそこの短軀の梅沢である。菊之丞は梅沢を見下ろす形となった。

しかし、梅沢は微塵《みじん》の恐れも抱いていない。かと言って勇んでもいない。更に観相には何も現れていない。

静物、という表現がいいのか、枯山水の庭に置かれた奇岩のようだ。そう言えば、道場内が枯山水の庭のような静けさである。

梅沢の静寂に打ち込む気が喪失してしまい、

「おれの負けだ」

と、菊之丞は木刀を脇に構え深々と一礼した。

一言告げると梅沢も礼をし、見所に戻って正座した。

「明鏡止水の境地……」

「梅沢先生の剣は実に良い相をしておられますな」

と、菊之丞なりの賞賛をした。

見守る門人の中にあって紀藤は顔面蒼白《そうはく》で菊之丞の言動を危ぶんだが、菊之丞は自分とは無関係を装った。

菊之丞は紀藤と梅沢屋敷を後にした。

「紀藤さま、腹が減って仕方がないよ。てっきり、湯漬けくらい所望できると思ったんだがな」

露骨に菊之丞は文句を言った。

「わかった」

紀藤は目についた蕎麦屋《そばや》に入った。

小上がりになった入れ込みの座敷は衝立《ついたて》で区切ってある。昼八つ（午後二時）を過ぎているとあって客はまばらだ。

座敷にどっかと座るなり、

「蒸籠《せいろう》、十枚！」

菊之丞は大声で注文した。紀藤は黙って座している。梅沢道場での稽古、梅沢の剣捌《さば》きを間近に見学できた余韻に浸っている。

「紀藤さまも頼んだらどうです」

菊之丞が声をかけると、

「おまえが十枚頼んだではないか」

はっとなって紀藤は言った。

「あれは、おれの分ですよ」

当然のように菊之丞は返した。

「十枚を一人でか……よく食うな。さすがは丑之丞だ」

皮肉を言いながら紀藤は三枚の蒸籠を頼んだ。

程なくして蒸籠が運ばれ、菊之丞は夢中で蕎麦を手繰《たぐ》り始めた。紀藤が話しかける隙もない。

あっと言う間に十枚を平らげても物足りなさそうに菊之丞は腹をさすった。

「もっと、食べたらどうだ。遠慮するな」

紀藤が勧めると、

「いや、これくらいで我慢しておきますよ。夕暮れになったら酒がまずくなりますからね」

遠慮ではなく、菊之丞は酒の為に断った。

呆《あき》れたように紀藤はうなずくと、

「そなた、見事であった。わしもそなたを推薦した面目が立ったというものだ」

と、うれしそうだ。

それから、

「そなた、梅沢先生の剣、良い相をしておると申したが、あれはどういうことだ」

紀藤は首を傾げた。

ですな」

「剣に迷いがなかった。実に素直というか、剣の道一筋に研鑽を重ねてきた者の剣相

菊之丞は言った。

「剣にも相があるのだな」

感心して紀藤はうなずいた。

「剣に限らず、人には様々な相があるものですよ。黙って座ればぴたりと当たる、水野南北先生の観相学を学べばよくわかります。梅沢さまは明鏡止水の境地とおっしゃっていましたがね、まさしくその言葉通りの剣相でしたな」

菊之丞は言った。

「ちなみにわしの剣相はどうであった」

紀藤は心持ち、自信ありげに問いかけた。

「まるで駄目ですな」

遠慮会釈なく、菊之丞は答えた。

「駄目……とは」

目をむいて紀藤は問い直した。

「迷いの相が如実に現れておりましたな。邪念に剣が振り回されております」

淡々と菊之丞は評した。

「邪念じゃと」

紀藤は不満そうだ。

「梅沢さまからよく見られたいという考えで木刀を振っておられた。剣は他人の為じゃないですよ。あくまで、自分の為に研鑽するもの、見世物ではありませんからね」

菊之丞には珍しく正論を述べ立てた。

「これは、一本取られたな」

紀藤は恥じ入るようにうつむいた。

「これからは、自分の為に研鑽を積まれることですな」

菊之丞は言った。

紀藤はうなずいてから、

「梅沢さまの境地に達するまでは、まだまだであるな」

「なら、おれを手本にすればいいですよ」

しれっと菊之丞は巨顔を突き出した。

「おまえをか」

紀藤は笑った。

それから、

「梅沢先生は火盗改の頭取の時は、それはもう、情け容赦のない鬼ぶりであったとか。命乞いをする盗賊どもも斬り捨てておられたそうだ」

紀藤は真顔になった。

梅沢慶四郎は寛政の頃、鬼平として勇名を馳せた長谷川平蔵にちなみ、「鬼慶」と盗賊たちから呼ばれ、恐れられたのを菊之丞も思い出した。

「お一人で十人、二十人の盗賊をばったばったと斬って捨てられたとか。捕物の場では鬼の形相《ぎょうそう》で暴れ回っておられたのだ。血に飢えた剣であった、と梅沢さまから聞いたことがあったな」

感慨深そうに紀藤が語ったのは、今の梅沢の剣、剣聖と呼ばれるような梅沢の剣との大きな違いを思ってのようだ。

「ふ～ん、すると、火盗改の役目を終えてから、剣そのものの追究をなさったということか」

菊之丞は言った。

「そうかもしれぬな。今の梅沢さまの剣は仏の剣じゃ」

悟ったように紀藤は言った。

「仏の剣など糞の役にも立たんですな」

これまでの良い話を菊之丞らしくぶち壊してしまった。

「おまえなあ」

紀藤は苦い顔をした。

「すいませんね、追従の言えない性質なもんで」

菊之丞は腹をさすった。

「おまえは、それでよい」

紀藤は鷹揚《おうよう》な一面を見せた。

「紀藤さま、実戦で剣を振るいたいと思いますか」

菊之丞が問いかけた。

「そうだな、捕物出役で指揮を執る際に、振るいたいが、しかし、それはできぬな。町方は罪人を生け捕りにしなければならないからな」

紀藤が言うように町奉行所は罪人を捕縛する際に生け捕りを原則としている。捕縛した罪人を吟味する時も火盗改と違って、拷問は避けている。拷問せずに罪人の口を割らせるのが与力、同心の腕と評価されているのだ。

「その通りですな」

ここは菊之丞も同意した。

「おまえこそ、悪党をばったばったと斬って捨てたいのではないのか」

紀藤は笑った。

「おれはですよ、こう見えて慈悲深いんですよ。争いは好まないんです」

抜け抜けと返すと菊之丞はがはははと笑った。

「明鏡止水の境地……と梅沢さまはおっしゃっていたな」

しみじみと紀藤は言った。

「その言葉の通りの剣でしたよ」

珍しく菊之丞は茶化すことなく、真面目な顔で言った。

紀藤は静かにうなずいた。

三

三日後、二十三日の夕暮れ、菊之丞は再び紀藤に呼び出された。先日と違って紀藤の顔は強張っている。

「もう一度、梅沢さまの別邸に同道してもらいたい」

紀藤の頼みを、

「おれはいいですよ。紀藤さまお一人でどうぞ。町廻りから帰って疲れているんですからね。剣術は沢山です」

菊之丞は右手をひらひらと振った。

「そうではない」

真顔で紀藤は制し、半身を乗り出した。

「どうしたんです」

さすがに菊之丞もおちゃらけてはいられない。

「別邸に至急来て欲しい、人を斬った、と梅沢さまから報せがあったのだ」

紀藤は言った。

「梅沢さまが人を斬ったのですか。相手は……」

さすがに菊之丞は驚いた。

明鏡止水の境地に達した剣は血なまぐささとは隔絶したものであった。

「詳細はわからぬ。とにかく、わしとそなたで出向く」

紀藤は言った。

旗本屋敷内には、町奉行所が無断で足を踏み入れることは許されない。それゆえ、梅沢は紀藤に連絡し、別邸内で起きた刃傷《にんじょう》事件の吟味を依頼してきたのだ。

梅沢慶四郎らしい誠実な態度と言える。

「わかりました」

梅沢の期待に応えようと菊之丞は思った。


菊之丞と紀藤は芝増上寺近くの梅沢家別邸にやって来た。

春が深まり、八分咲きの桜が江戸のそこかしこに咲いている。

夜の帳《とばり》が下り、道場は閉まっていた。

奉公人の峰吉が提灯《ちょうちん》を提げて案内に立った。

春の夜風は何処か艶めき、提灯の淡い灯りが玄妙な雰囲気を醸し出している。

案内されたのは屋敷の奥まった北東の一角にある離れ家であった。峰吉によると、梅沢はそこで書見をしているのだそうだ。

離れ家の前に梅沢が立っていた。その足元には男が横たわっており、周囲の土は赤黒く汚れている。

梅沢は菊之丞と紀藤と視線が合うと、

「夜分、ご足労をかける」

と、一礼した。

「梅沢さまがお斬りになったんですね」

菊之丞は問いかけながら亡骸《なきがら》の横に屈《かが》んだ。

「そうじゃ」

短く梅沢は答えた。

菊之丞は亡骸を検《あらた》めた。

亡骸は小袖を着流し、町人のようだ。

右肩から左脇腹にかけて袈裟《けさ》懸《が》けに斬り下げられていた。

「鮮やかなお手並みですな」

菊之丞の賞賛の言葉に梅沢は返事をしなかった。唇を固く引き結び、まるで自分の罪業を責めているようだ。

「事情をお聞かせください」

紀藤が遠慮がちに問いかけた。

「半時程前のことであった」

梅沢はおもむろに語り出した。

半時程前、梅沢は離れ家で書見をしていた。すると、庭で物音が聞こえた。庭に出ると、見知らぬ男がたっていた。邸内に忍び込んだ盗人だと思い、梅沢は庭に降り立った。

「無用の殺生はしたくなかった」

梅沢は盗人に去れ、と言い渡した。まだ、盗んだ物はなかったからだ。

「しかし、こやつは匕首《あいくち》を抜いて向かってまいった」

そこまで梅沢が語ると、

「無謀ですな」

紀藤は盗人が梅沢に立ち向かったことの愚を言い募った。

「やむなく……」

梅沢は盗人を斬り捨てたのであった。

盗人の亡骸の横には匕首が転がっていた。

「よくわかりました」

紀藤が言った。

「盗人とは申せ、刃傷沙汰《ざた》に及んだのは不覚であった。評定所にも出頭しよう」

梅沢は申し出た。

「それには及びませぬ。梅沢さまに非はありませぬ」

同意を求めるように紀藤は菊之丞に視線を向けた。

菊之丞にも異存はなかった。

「梅沢さま、盗人を斬った時も明鏡止水の境地でいらっしゃいましたか」

菊之丞は問いかけた。

梅沢は訝《いぶか》しんだ。

「いえ、先だって道場で手合わせを頂いた時、静かな剣相でいらっしゃったのですよ。真剣で人を斬った後だというのに、少しも殺気というか殺しの相が現れていらっしゃらないので、人を斬っても明鏡止水の境地にあったのか、といささか驚き入った次第なんです」

菊之丞には珍しい賞賛の言葉だ。

梅沢は静かにうなずき、

「斬った時、心が騒ぐことも波立つこともなかった」

と、言った。

紀藤が、

「いや、さすがですな。まさしく、明鏡止水の境地でござります」

と、賞賛して止《や》まない。

にこりともせず、梅沢は一礼をした。


菊之丞は手札を与えている岡っ引、薬研の寅蔵を伴い、町廻りに出た。

月が替わって弥生《やよい》の二日の昼、桜満開である。春爛漫の華やいだ空気を感じながら菊之丞と寅蔵は芝増上寺までやって来た。

「梅沢さまの別邸に忍び込んだ盗人ですがね、房州《ぼうしゅう》の卯之吉《うのきち》という盗人だってわかりましたよ」

寅蔵は報告した。

菊之丞は翌日人相書を作成し、寅蔵に持《も》たせた。菊之丞は観相学に通じているとあって、人相を脳裏に刻み、絵に描くのに長《た》けていた。

寅蔵は盗人稼業から足を洗った連中に聞き込みを行い、男の素性を突き止めたのだった。

「こそ泥の類《たぐい》か」

菊之丞が問うと、

「商家に盗みに入っていたようですよ」

卯之吉は錠前外しを得意としていた泥棒だそうだ。

「盗んでも精々、十両くらいの男だったみたいですよ」

寅蔵は言った。

「ふ〜ん」

関心が薄れ、菊之丞は生返事をした。

「旦那《だんな》がおっしゃったようにこそ泥のたぐいですよ」

寅蔵は繰り返した。

「これまで、武家屋敷に忍び込んだことはあるのか」

菊之丞は問を重ねた。

「いいえ」

即座に寅蔵は否定した。

「専《もっぱ》ら、商家なのか」

菊之丞は強調した。

「そうですよ」

それがどうしたんだ、と寅蔵の顔には書いてある。

「なら、どうして武家屋敷に忍び込んだのかな、と思ってな」

菊之丞は疑問を呈した。

「武家屋敷っていいますかね、大名屋敷なんかそうなんですがね、案外と防備が手薄なんですよ」

意外ではない、と寅蔵は言った。

武家屋敷というのはあまりにも警固を厳重にすると、幕府から謀反を疑われる。そのことから、それほど厳重にはしていない。そこに付けこんで盗み入る盗賊はいる。

「でもって、盗まれたとしましても、御家の体面を気にして町奉行所に届けることはありませんしね。盗人にしたら盗み得、武家屋敷にしたら盗まれ損ですよ」

訳知り顔で寅蔵は言い立てた。

「それは、わからぬでもないがな……」

菊之丞は浮かない顔である。

「どうしたんですよ、旦那らしくもない」

寅蔵に言われ、

「梅沢慶四郎といえば、名うての剣豪だ。剣聖とまで言われているんだぜ。卯之吉ってこそ泥、よりによって、そんな屋敷に盗みに入るものかね」

菊之丞は首を傾げた。

「そりゃ、そうですけど、偶々《たまたま》だったんじゃないですかね」

寅蔵の答えは、決していい加減なものではない。

この時代、大名藩邸も武家屋敷も看板を掲げてはいない。卯之吉が梅沢慶四郎の屋敷とは知らずに盗みに入ったとしても不思議はなかった。

「う〜む」

菊之丞は唸《うな》った。

「何か疑念があるんですか。観相に不審な点が現れていたんですか」

訝しむ寅蔵に、

「現れていなかったんだ」

不満そうに菊之丞は答えた。

「現れていなかったら問題ないでしょう」

寅蔵はおやっとなって批難した。

「人を斬ったんだ。たとえ、どんな悪党でもな、命を奪ったら、斬った者に悪相が現れるものなんだよ。しかし、梅沢さまにはなかった」

菊之丞は疑問を重ねた。

「そりゃ、あれでしょう。旦那、おっしゃっていたじゃありませんか。梅沢さまの剣は明鏡何とかって境地に達しているんだって」

寅蔵は言った。

「明鏡止水の境地だ。確かにその通りなんだ。おれも、卯之吉殺しの現場に行った時はそう思ったんだがな、何か引っかかるんだ。それが何かはわからんがな。ひょっとしておれの観相が曇《くも》ったのか」

菊之丞はわからん、と珍しく迷いを口に出しながら町廻りを続けた。


釈然としない日々が続いたが、次第に卯之吉殺害の一件は記憶から薄れていった。

すると、寅蔵が卯之吉について思いもかけない情報をもたらした。

「卯之吉はですよ、山猫《やまねこ》の銀蔵《ぎんぞう》の手下だったんですよ」

得意そうに報告をしたが、

「山猫だか山犬だが知らないが、何者なんだ」

菊之丞は問い直した。

「こいつはいけねえ。旦那は上方にいらしたんですね」

と、失礼しましたとわびてから語ったところによると、三年前に江戸を荒し廻った盗賊であった。商家に押込み、情け容赦なく奉公人や一家を殺し、大金を奪った。

「その手下であったんだな」

菊之丞に確かめられ、そうですと答えてから寅蔵は続けた。

「その山猫の銀蔵は火盗改に退治されたんです」

「その時の火盗改の頭取は、梅沢慶四郎さまってことか」

菊之丞の推測に、

「そうなんですよ。梅沢さまは銀蔵や主だった子分を斬り捨てたんですけど、何人かは逃亡したんですね。卯之吉は下っ端で錠前外しをするまでが仕事で、盗みや殺しには加わっていなかったそうですから。捕物の場には居合わせなかったようですよ」

梅沢は獅子奮迅の働きであった。

銀蔵をはじめ、十人余りの盗人を斬殺したという。

「梅沢さまが『鬼慶』の異名をとりなすったのは、山猫の銀蔵一味を成敗なさってからなんですよ」

語る内に寅蔵は口調に熱を帯びさせた。それほどに梅沢の活躍ぶりは凄かったようだ。確かにいくら盗人相手といえど、十人を超える者を斬り捨てるとは凄まじい。腕もさることながら、精神力、胆力たるや常人ではない。泰平の世に現れた戦国の兵法者のようだ。

五尺そこそこの小柄な身体で群がる盗賊をばったばったと斬り伏せる梅沢に盗賊たちは戦慄《せんりつ》しただろう。

「銀蔵一味をたたき斬った後、梅沢さまの刀は刃こぼれ一つしていなかったそうですぜ」

語る内に寅蔵は興奮した。

十人以上、人を斬って刃こぼれしなかったということは、太刀筋に乱れがなく勢いが全く衰えなかったことを物語っている。肉や骨を避け、首や眉間といった急所を刀の切っ先で斬ったり突いたりしたのだろう。

改めて梅沢の腕には舌を巻く思いだ。

もっとも、盗賊退治の際には、さすがに明鏡止水の境地ではなかっただろう。

梅沢の剣に思いを巡らしてから、

「ということは、卯之吉は親分である銀蔵の仇《かたき》を討つために、梅沢さまの屋敷に忍び入ったのか」

菊之丞の問いかけに、

「その可能性はありますよ。それで、返り討ちに遭ったんです」

寅蔵は言った。

「忠義の盗人というわけだな」

「盗人にもいろんな奴がいるもんですよ」

「盗人に限らないさ」

菊之丞は達観めいた物言いをした。

「これで、すっきりしましたかね」

寅蔵に言われ、

「まあな」

と、返事をしたものの、菊之丞は今一つすっきりとはしなかった。それが、何なのかはわからない。

「さて、蕎麦でも手繰るか」

菊之丞は腹をさすった。

四

さらに数日後、菊之丞はまたしても紀藤と共に梅沢に呼ばれた。

咲き誇った桜は散り始めている。

梅沢の別邸のあちらこちらに桜の花弁が舞い落ちていた。

今度は何と奉公人の峰吉を梅沢は斬殺したのだった。卯之吉と同様に、離れ家の前庭に峰吉は倒れていた。卯之吉との違いはうつぶせに倒れていることだ。

大きな背中に落ちている桜の花弁が憐《あわ》れを誘い、峰吉への手向《たむ》けのようだ。

「重ねて、お手数をかける」

慇懃《いんぎん》に梅沢はお辞儀をした。

紀藤はひたすら恐縮の体である。まるで自分が悪いことをしたかのようにうつむいた。

菊之丞は峰吉の亡骸を検めた。

右肩から背中をばっさりである。

肩の傷は相当に深かった。

背中を斬ったことに違和感を抱いたが、それ以上に今日の梅沢には悪相が現れている。

菊之丞は立ち上がって梅沢に向いた。

梅沢は菊之丞と紀藤に、

「無礼討ちに仕留めた」

と、短く峰吉殺しを話した。

「どのような無礼を働いたのですか」

菊之丞が確かめると、

「それは武士の情け、聞かないでもらいたい」

梅沢は拒絶した。

「峰吉はどのくらい奉公をしていたんですか」

菊之丞の問いかけに、

「かれこれ、三十年になろうかな」

唇を噛み、梅沢は峰吉の亡骸に視線を落とした。その有様は複雑な胸中を物語っているかのようだ。

「三十年も奉公した峰吉がどんな無礼を働いたんですかね」

今度は独り言のように呟《つぶや》いた。

梅沢は紀藤に向かって、

「いかがであろう。無礼討ちとは認められぬかな」

と、問いかけた。

無礼討ち、あるいは斬り捨て御免は、武士が町人から無礼を働かれたら斬殺してもいい習わしである。町人の武士への暴言、悪口雑言は許されない。無礼を働かれた武士は町人を斬り捨てることが許された。

但し、証人がいなくてはならない。

つまり、町人地にあって公衆の面前で無礼を働かれ、そのことを幾人かが目撃をし、無礼な様を証言できれば無礼討ちは成立した。

そうではない場合、たとえば武士が酒に酔い、罪もない町人を斬れば無礼討ちとはみなされず、殺害として処罰された。

大名家の家来ならば大名家に処罰が委《ゆだ》ねられたが、大名家もそのような不行跡をした家臣などは当家の者にあらず、と御家を追って町奉行所に任せるか、あるいは御家を追わないにしても、その家臣は御家での立場をなくし、切腹に追い込まれるのである。

また、武士が町人から無礼を働かれながらすごすごとその場を去った場合、「武士にあるまじき所業」と蔑《さげす》まれた。

今回の場合、町人地での無礼討ちではない。よって町方が介入することはできないのだが、梅沢は敢えて南町奉行所を介入させたのである。

屋敷内とあって証人はいない。

梅沢の言葉を信じるしかないのだが、梅沢が嘘偽りを言っているとは思えないし、言う理由も見当たらない。

三十年仕えた奉公人を斬ったのだ、よほどの事情があったに違いない。それが峰吉の無礼という一言ですまされてしまえば、それまでだ。

「せめて、亡骸はわしの手で葬ってやりたいのだが……」

梅沢の申し出を、

「どうぞ」

紀藤は即座に承知をした。

一体、どんな言葉をかければいいのか、紀藤は口ごもってしまった。

菊之丞が、

「梅沢さま、どうして峰吉の背中を斬ったのですか」

と、問を重ねた。

梅沢は一瞬口をつぐんだ。

紀藤が、

「早瀬……」

と、余計なことは聞くな、というような目をしている。

「我ながら武士にあるまじき所業であった、と痛感しておる。武士たる者が、しかも、丸腰の者を背中から斬ったなど卑怯の極み、武士の風上にもおけぬことじゃ」

苦渋の表情で梅沢は語った。

それから、気持ちを整理するかのようにしばらく黙ってから、

「血迷った、としか申せぬ。峰吉に無礼を働かれ、我ながら甚《はなは》だしく動揺してしまったのだ。それゆえ、見境なく斬り捨てた」

梅沢は強く口をへの字に引き結んだ。

「無礼を働かれ、叱責を加えなかったのですか。いきなり、背中を斬ったんですか」

菊之丞は更に問を重ねた。

「むろん、叱責を加えた……そうじゃ、それで、峰吉は詫びもせずに逃げ出したのじゃ。わしは思わず……気が付いた時には刀の柄《つか》に右手がかかり、峰吉の背中を斬ってしまった」

梅沢は自分の右手をしげしげと眺めた。

「さもありなんですな」

紀藤は理解を示した。

菊之丞は黙っていた。

「いくら無礼討ちとは申せ、丸腰の奉公人を斬り捨てたのだ。この責任は重く受け止めねばならない。よって、道場は閉じるつもりじゃ」

梅沢は言った。

「いえ、それはいかがなものかと存じます。今回の一件はあくまで無礼討ち、非は峰吉にあったのですから、梅沢さまが背負うものではない、と存じます」

紀藤は言い立てた。

「貴殿の気遣いには感謝する。しかし、わしも、いつまでも自分の剣を保てるものではない、と痛感致した。ここらが潮時である。道場を閉じねばな」

淡々と梅沢は言った。

「では、しばし、稽古を休まれてはいかがでしょう。峰吉の供養を済ませてから、改めて今後のことをお考えになられてはいかがでしょう」

梅沢の引退は大いなる損失だと、紀藤は必死の形相で引き留めた。

「いや、それはできぬな」

梅沢は頑なであった。

ここで菊之丞が、

「ところで、先だって斬り捨てた盗人なのですが」

と、卯之吉を話題にした。

「その件なら済んだことではないか」

紀藤がやめさせようとしたが、

「なんじゃ」

梅沢は菊之丞に話をするように求めた。

「盗人で卯之吉というんですがね、かつて山猫の銀蔵の手下だったそうなんですよ。山猫の銀蔵、覚えていらっしゃいますよね」

菊之丞の問いかけに、

「忘れるはずはないな」

梅沢は火盗改の頭取の頃に召し捕った盗賊一味だと語った。

「三年前だったそうですね。おれは、上方で観相、黙って座ればぴたりと当たる、の水野南北先生の下で修業していましたので知らなかったのですがね、聞くところによると、梅沢さまは獅子奮迅の働きであったとか。何でも凶暴なる盗賊一味十人余りを斬り捨てたそうですね」

菊之丞は刀を振るう格好をした。

「無我夢中であった」

虚空を見つめ梅沢は言った。

「その時、何人かは逃れたのですね。その中の一人が卯之吉であったのですよ。ということは、卯之吉はこの屋敷に盗みに入ったのではなく、梅沢さまのお命を狙っていたのかもしれませんな」

菊之丞の考えを受け、

「そうかもしれぬな。それゆえ、匕首を抜いて突っ込んできたのか」

梅沢はうなずいた。

「無謀な奴だな」

紀藤は吐き捨てた。

「そう、まさしく無謀ですよ。卯之吉は梅沢さまの腕を嫌というほど知っているはずですからね。とても、自分じゃ、逆立ちしたって勝てるもんじゃないってことは、よくわかっていたはずです」

おかしいですね、と菊之丞は言い添えた。

「それがわからないから馬鹿な奴なのだ」

紀藤は問題にしていない。

「そうかもしれませんがね、せっかく拾った命なんですよ。親分や仲間は梅沢さまの刀の錆《さび》になってしまったんですからね。むざむざと自分から命を捨てに来たっていうのは妙な盗人ですよ」

菊之丞は盛んに首を捻《ひね》った。

「何処にも馬鹿な奴はいるもんだ」

結局、紀藤は卯之吉の愚者ぶりで片付けるようだ。

「まあ、何処にも馬鹿がいるってことには賛同しますがね」

言外に含みを持たせ菊之丞は語った。

「もし、評定所なり奉行所なりに出頭せよということであれば、いつなりと申し越されよ」

梅沢は紀藤に向いた。

「それには及ばぬと存じます」

紀藤は一礼した。

五

南町奉行所に戻り、与力用部屋で菊之丞は紀藤と向かい合った。

「梅沢さまの件、無礼討ちで処理を致す。御奉行に上申書をしたためるゆえ、そなたも署名、押印せよ」

紀藤は言った。

「おれは、しませんよ」

菊之丞は拒絶した。

「なんだと」

紀藤は口をあんぐり開けた。

次いで、

「何故じゃ」

と、目を凝らした。

「得心がゆかないもんでね」

菊之丞はさらりと言ってのけた。

「これは、意外なことを申すものよ。これほど明々白々な一件はないぞ」

渋面となり紀藤は決めつけた。

「明々白々ですかね……おれには疑問だらけですよ」

菊之丞は肩をそびやかした。

「なんだと」

紀藤は激昂《げっこう》しそうになるのをぐっと堪《こら》えてから、

「申してみよ」

と、唇を震わせながら問いかけた。

「梅沢さまには観相で言うところの悪相が現れておりました」

人を食ったような菊之丞の物言いに、

「……観相……悪相じゃと、おまえ、わしを馬鹿にしておるのか」

紀藤は怒りを爆発させた。

菊之丞は、

「おれはね、真面目に考えを言っているんですがね」

「占いが真面目なのか」

「人の行いは相に現れるんです。と言っても、紀藤さまは、観相学のいろはもご存じないのですから、わかれと言っても無理ってもんですね。それなら、わかりやすい疑問な点を言いますよ」

菊之丞は恩着せがましく言った。

「よし、申してみよ」

紀藤は腕を組んだ。

「まず、三十年に亘って仕えた奉公人を何故斬ったのでしょう」

菊之丞は梅沢無礼討ちの動機を蒸し返した。

「だから、無礼を働かれたからだ」

腕を組んだまま紀藤は答えた。

「どんな無礼なのでしょうね。ま、それは置いておくとして、第二に梅沢さまは何故峰吉の背中を斬ったのでしょう。おれが言うのもなんですがね、武士たる者の最もやってはいけない所業ですよ。ご自分でもおっしゃっていましたが、卑怯極まる行いです。武士の鑑のような梅沢慶四郎には最も不似合いな行いですな」

菊之丞は肩をそびやかした。

紀藤は組んでいた腕を解いて、

「それは……峰吉が逃げたからだ、と梅沢さまはおっしゃっておられたではないか。そこで、常軌を逸してしまった、と。いくら、人格高潔のお方でも、人であるからには、気持ちの抑制ができないこともある」

と、反論した。

「明鏡止水の境地に達した梅沢さまがですか」

「梅沢さまも人じゃ」

紀藤は微塵も疑問を抱いていない。

「おれはね、峰吉は逃げていないと思いますよ」

「なんだと」

「ご覧になったでしょう。峰吉が倒れていた様子。うつ伏せに倒れ伏していましたね。しかし、周囲に足跡の乱れはありませんでした」

「……続けろ」

紀藤の声音は低くなった。

「それと、峰吉の刀傷。肩から背中にかけて……、肩の傷が深すぎるのですよ」

菊之丞の指摘に紀藤は視線を泳がせたが、

「それは、梅沢さまの斬撃のすさまじさを物語っているのだ」

と、問題にはしなかった。

「梅沢さまは五尺そこそこの小柄なお方。その小柄さゆえ、誰にも負けまいと剣術修行をなさった。そして、いつしか、自分の身体を生かした剣を編み出されたのですな。低い姿勢から速度抜群の実戦の剣。下段から斬り上げ、間髪入れず、横に掃う、いわゆる、炎返しを以て敵をばったばったと斬り伏せてこられた。しかも斬り上げも払い斬りも胴を深く斬り裂くことは避け、首や眉間といった急所を刀の切っ先で襲う、という高度な技です。炎返しは、相手が大柄であれば尚有効ですよ。峰吉は大柄であった。五尺五寸はあったでしょう」

「だから、逃げていったから背後から斬ることになった。それには、袈裟懸けで斬り下ろすのが剣というものだ」

「大柄な峰吉の肩から背中を斬り下げたのなら、肩にあんな深い傷跡は残りませんよ」

再び菊之丞は峰吉の傷を問題にした。

「しかし……」

紀藤は口をつぐんだ。

「峰吉は身を屈めていたんですよ」

菊之丞は紀藤に背中を向け、屈んで見せた。

「屈んだ……それはどういうことだ」

紀藤はわなわなと唇を震わせた。

「つまり、梅沢さまは、峰吉が屈んでいるところをそっと背後から忍び寄って、斬り下ろしたんです」

立ち上がると菊之丞は梅沢の立場を想定し、刀を振り下ろす格好をした。

「そんな馬鹿な……どうしてわかる……あ、そうか、そなたは峰吉の肩の傷を以て推量しておるのだな。しかし、考え過ぎではないのか」

受け入れられないように紀藤は首を左右に振った。

「何度も言いますよ。肩の傷の深さはそれを物語っていますよ」

紀藤の梅沢への尊敬の念を断ち切るように菊之丞は断じた。

「信じられぬ。どうして、梅沢さまがそんな姑息《こそく》な真似《まね》をしたのだ」

紀藤は首を捻り、疑念と戸惑いを示した。

「そこですよ、今回の一件、一体何があったんでしょうね」

菊之丞は言った。

「わしには信じられぬ」

と、紀藤は繰り返し、文机《ふづくえ》に向かって報告書を書こうとしたが、躊躇《ためら》いが生じたようで、筆を硯箱《すずりばこ》に置いた。

「真実を知りたいとは思いませんか」

改めて菊之丞は問いかけた。

「真実な」

紀藤は迷う風である。

「おれは明らかにしますよ。それが、峰吉への供養ですし、梅沢さまの為にもなると思います。梅沢さま、道場を閉めるとお考えですよね、それなら、きちんとけじめをつける意味でも、真実を明らかにして差し上げるのが務めですぜ」

菊之丞の考えに、

「そうか……」

紀藤は菊之丞の考えを受け入れたものの、

「じゃがな、我ら町方は直参の罪を糾弾することはできぬぞ」

釘を刺すように紀藤は言った。

「何度も言いますが、おれは真実を明らかにしたいんですよ。何も、梅沢さまに罪を償わせようなんて思っていません」

迷いもなく菊之丞は言った。

「それなら、このままに……」

紀藤は言いかけて口をつぐんだ。

「紀藤さまは、無礼討ちという梅沢さまの証言をそのまま書面になされればよろしいではありませんか。どのみち、町方じゃあ梅沢さまの罪は問えないのですからね。無礼討ちで落着を計ればいいと思いますよ」

「そうか……」

考えあぐねるようにため息を吐《っ》いた。

「あんまり、思い詰めない方がいいと思いますぜ」

気楽な調子で菊之丞は語りかけた。

「好きなことを申しおって」

紀藤は苦笑を禁じえなかった。

「さて、腹が減ったな」

菊之丞は大きく伸びをした。

六

明くる日、菊之丞は寅蔵を伴い、

「梅沢邸の周辺の聞き込みをするぞ」

と、言った。

「問題でもあるんですか」

寅蔵はおやっとなった。

「問題があり過ぎるんだよ」

「へ～え、無礼討ちじゃなかったんですか」

寅蔵は大いに驚いた。

それから、

「それならですよ、殺された卯之吉が入れ込んでいたっていう女がいるんですよ」

と、小指を立てた。

「何者だ」

「寛永寺門前の岡場所の女だったんですがね」

寅蔵は言った。

「よし、話を聞くぞ」

菊之丞は肩を怒らせて池之端へと向かった。

岡場所にやって来た。

寅蔵が、

「お松《まつ》に話が聞きたい」

と、十手《じって》を示す。

強面《こわもて》の菊之丞を見て、男衆も腰が引けてしまい、案内に立った。

帳場に入ったところで、

「部屋を使うのは商いの邪魔だ。帳場でいいよ」

菊之丞が言うと、やり手がお松を呼んだ。

お松は着物を着崩し、くたびれた感じの女であった。

「なんですよ。八丁堀の旦那に調べられるような悪事は働いちゃいませんよ」

お松は容貌通りのはすっぱな物言いである。

「おまえ、房州の卯之吉を知っているな」

寅蔵が問いかけた。

「ええ」

お松はうなずく。

「卯之吉だがな、死んだんだ」

寅蔵が教えると、

「へ～え、ここんとこ、顔を見せないって思っていたんですけど」

さすがにお松は驚き、両手で着物の衿《えり》を調《ととの》えた。

続いてお松は語り出した。

「ずいぶんと調子のいい男でしたよ。最近になって、身請けしてやるなんて言っていましたっけ」

お松は冷めた口調になった。

「ほう、調子のいい卯之吉の言葉らしいのだな」

寅蔵が言うと、

「そうなんですけどね、あたしは馬鹿みたいなんですけど、少しだけ期待をしていたんですよ」

失望と卯之吉への憐憫《れんびん》の情がわき上がったのか、お松はしんみりとなった。

「そらまた、どうしてだ」

寅蔵は興味を抱いた。

「近々、まとまった金が手に入るって、言っていたんです」

「いくらくらいだ」

「いくらかとまでは聞きませんでしたけど、あたしを身請けしてやるなんて言っていましたからね。まとまったお金なんじゃないですかね」

お松の話を聞き、寅蔵はやり手に身請けのことを確かめた。

「そうなんですよ。卯之吉さんからですよ、お松を身請けしたい、って申し込まれたんですよ」

お松の身請け金は百両であった。

「そりゃ、大した金じゃないか。卯之吉、どうしてそんな大金を……、いや、そもそも、卯之吉は何を生業《なりわい》にしているって言っていたんだい」

寅蔵はお松とやり手の顔を交互に見た。

お松が、

「聞くところころころと言うことが変わったんですよ。行商人だったり、青物屋だったり、飾り職人だったり。ですけど、飾り職人っていうのが本当だったのかなって、思っていたんですけどね」

卯之吉は手先が器用であったそうだ。

着物の綻びを繕ってくれたことがあるという。

「近々身請けできるような大金が手に入るという辺りをもう少し、詳しく話してくれないか」

寅蔵が問いかけると、

「いい客を見つけたんだって言っていましたね」

「大店《おおだな》の主《あるじ》か」

「お武家さまってことでしたね。ですからね、あたしは、武家屋敷から大口の注文でも入ったのかなって思っていたんです。良かったじゃないって、あたしもうれしくなって、満更、身請け話は法螺《ほら》じゃないんだって、つい期待したんですよ」

語る内にお松の表情は微妙に変化した。卯之吉への想いと、苦界から逃れられたのかもしれない、という希望が絶たれたことが複雑に交差しているのかもしれない。

「武家の名前は」

寅蔵は畳み込んだが、

「そこまでは」

お松は聞いていなかった。

ここで菊之丞が、

「身請けはいつだって、卯之吉は言っていたんだ」

と、やり手に問いかけた。

やり手は記憶の糸を手繰るように思案した後、

「ええっと、先月の二十四日にお金を持ってくるって言っていましたよ」

と、やり手は思い出した。

偶然だろうか、卯之吉が梅沢に斬られた翌日である。

「ちっとも来ないんで、どうしたんだろう、って思っていたんですがね」

やり手はため息混じりに言った。

「わかった。すまなかったな」

寅蔵は菊之丞を見た。菊之丞がうなずくと腰を上げた。

「お役に立ちましたかね」

お松の声音が曇った。

卯之吉への想いが込められているようだ。お松が卯之吉を好いていたのかはわからないが、自分を身請けしてくれる好意には感謝と期待を抱いていたのだろう。

柄にもなく菊之丞はそんなお松に同情した。

菊之丞はお松を振り返り、

「お松、幸運の相が現れているぞ。今にきっといいことがあるさ」

と、言葉を投げかけた。

お松はぽかんとしていたが、

「また、旦那、調子のいいことをおっしゃって……でも、そう信じて生きてゆきますよ」

と、微笑《ほほえ》んだ。

そんなお松に菊之丞は女の逞しさを感じ、お松の幸せを願った。

菊之丞と寅蔵は岡場所を出た。

「お松の身請け金、卯之吉はどうやって手に入れようとしたんでしょうね」

寅蔵の疑問はもっともだ。

「卯之吉が言っていた武家屋敷というのは、梅沢さまの屋敷だと考えていいだろう」

菊之丞が答えると、

「あっしもそう思いますよ。きっとそうですよ。ということはですよ、卯之吉は梅沢さまの御屋敷から金を盗もうと企てていたんですよ。親分銀蔵の仇討ちという意味合もあったんでしょうね。銀蔵の為にも梅沢さまから金を盗み取ろうとしていたんですよ。しかし、相手が悪かった……よりにもよって凄腕の剣客、梅沢慶四郎さまですからね」

対して、

「そうかな」

寅蔵は確信を以て語った。

菊之丞は首を捻った。

「どうしました……観相では間違っているんですかね」

大真面目に寅蔵は問い直した。

「ああ、観相上、間違っているな。あの屋敷は観相上、実に悪い」

菊之丞は言った。

「悪いから、盗人に入られたんじゃありませんかね」

寅蔵の疑問は正論だ。

「金蔵と卯之吉が斬られた離れ家とは随分と離れていたんだ」

菊之丞は言った。

「そうなんですか」

「方角が反対だ」

「迷ったんですよ。旗本屋敷は広いですからね」

寅蔵は迷いもなく断じた。

「広いといっても、卯之吉が迷うようなどじではないだろう。卯之吉はお松を身請けしようとした。しかも、身請け金を持参する日まで決めていたんだぞ。確実に金が手に入る当てがあったんだ。盗みに入った先で迷うようなずさんな企てはしないだろう」

「そうなんですよ。あいつは、身体の割に腕っぷしはさっぱりだったんですがね、錠前外しと下調べが得意だったんですよ。特に飴《あめ》の行商人に成りすまして、狙いをつけた商家に入り込んで、金蔵の位置、錠前の蠟型を取ったりしていましたからね」

寅蔵は言った。

「お松も言っていたな。着物の綻びを繕ってくれるくらい器用だったから、飾り職人というのが本当なんだろうってな」

菊之丞の言葉を受け、

「その通りですよね」

寅蔵は認めてから、

「となると、卯之吉が梅沢さまの御屋敷に盗みに入ったというのは妙ですよね」

盛んに妙だと寅蔵は繰り返した。

「峰吉と卯之吉の斬殺、これは繋がっているな」

確信をもって菊之丞は断定した。

「盗人と奉公人がですか」

寅蔵は理解できないようだ。

「卯之吉と峰吉が繋がっているんじゃないさ、二人の死に繋がりがあるってことだ」

菊之丞は言った。

「死に繋がりですか」

寅蔵は混迷を深めた。

「段々、はっきりしてきたな」

菊之丞はうれしそうだ。

「あっしは、益々、わからなくなってきましたぜ」

すっかり五里霧中となったようで寅蔵は頭を抱えた。

「なに、じきにはっきりするさ」

菊之丞はほくそ笑んだ。

「何か考えていらっしゃいますね」

寅蔵は嫌な予感に駆られた。

「真実を明らかにしたいのさ」

「どうするんですよ」

「おまえ、梅沢さまの屋敷に盗みに入れ」

菊之丞の唐突な命令に、

「なんですって」

寅蔵は目をむいた。

「聞いていなかったのか。梅沢さまの屋敷に盗みに入れと言ったんだよ」

「そりゃ、聞きましたがね、あっしゃ、菊之丞の旦那のお兄さまから手札を頂いた十手持ちですよ。盗みなんてね、この十手にかけてできるはずはありませんよ」

寅蔵は役者のように見得を切った。

「そこをやるんだよ。それとも、梅沢さまに斬られるのが恐いのか」

菊之丞はからかうかのようだ。

「そりゃ、恐くねえはずがありませんよ」

首筋を手で触ってから寅蔵は首をすくめた。

「それなら、心配するな。梅沢さまはおまえを斬ったりはしないさ」

自信たっぷりに菊之丞は言った。

「そりゃ、観相ですか」

寅蔵は不安そうに上目遣いとなった。

そんな寅蔵の心配を他所《よそ》に、

「そういうことだ」

気軽に言うと菊之丞は声を上げて笑った。

七

菊之丞は梅沢屋敷を訪ねた。

道場はしばらく休むという貼り紙があった。

菊之丞が通されたのは離れ家であった。峰吉の亡骸が転がっていた辺りに花が手向けてあった。

梅沢は離れ家の濡れ縁に座した。

「先だっては手数をかけたな」

静かに梅沢は礼を言った。

「いえ、これでも十手を預かっていますからね」

珍しく菊之丞は謙遜した。

次いで、

「道場、再開なさらないのですか。門人方は再開を願っておられますぜ」

菊之丞は言った。

「そういうわけにもいくまい」

梅沢は達観した物言いをした。

「それなら、先生、一つお願いがあるんですよ」

「何かな」

梅沢は僅《わず》かに微笑んだ。

「炎返しを見せてください」

菊之丞は申し出た。

「炎返しを……」

梅沢は訝しむ。

「ええ、炎返しを見せてください。もちろん、無礼を承知で頼んでいますぜ」

菊之丞は言った。

すると、

「よかろう」

意外にも梅沢は応じ、濡れ縁から庭に降り立った。

濡れ縁に置いてあった木刀を手にすると、静かに下段に構える。

腰を落とし、虚空を見上げた。

そしてすり足で進み、

「てえい！」

静かな物腰には不似合いな大音声《だいおんじょう》と共に、梅沢は下段から刀を斬り上げるや目にも止まらぬ速さで横に掃った。

眼前を舞う蝶がはらはらと落ちた。

「お見事です」

心からの賞賛を菊之丞は贈った。

梅沢はそれには応えず、木刀を濡れ縁に置いた。

菊之丞は、

「ですが、おれが見たいのは真剣なんですよ。それじゃないと意味がない。梅沢さまが、『鬼慶』の異名をとっておられた頃、盗賊どもをばったばったと斬り捨てた炎返しを見たいのです」

梅沢は苦笑を浮かべ、

「そうは申しても、ここに盗賊はおらぬ」

「盗賊でなくてもいいですよ。何なら、おれを盗賊に見立てて炎返しで成敗して頂けませんか」

菊之丞は申し出た。

「戯言《ざれごと》が過ぎると思うが」

梅沢は不快に唇を噛んだ。

「戯言じゃありませんよ。おれは本気だ」

「本気と申して、そなた、真剣で斬られたら命はないぞ」

梅沢の目が尖《とが》った。

「それくらいのこと、おれにだってわかっていますよ。ですがね、梅沢さまはおれを斬れないですよ」

菊之丞は挑発的な態度を取った。

歌舞伎役者が悪役を演じる際の化粧はかくや、という悪党面に笑みが浮かんだ。悪戯坊主が大人をやりこめた時のうれしそうな笑顔のようでもある。

「何を」

梅沢はむっとした。

「無礼討ちになさってください」

抜け抜けと菊之丞は続けた。

梅沢は拳を握りしめた。

「そなた、何が言いたい。腹に一物を持っているのなら、正直に申してみよ」

あくまで落ち着いた物言いを梅沢はした。

「梅沢さまは、峰吉を無礼討ちになさったんじゃないってことですよ」

菊之丞は言った。

梅沢は顔をどす黒く歪《ゆが》め、口をへの字に引き結んだ。

「いかがですか」

菊之丞は迫った。

「無礼討ちでないとしたら、何故、わしが峰吉を斬らねばならぬ」

梅沢は目を凝らした。

「そこを知りたいのですよ」

臆せず、菊之丞は問い返す。

「無礼討ち以外の何物でもない」

不快そうに梅沢は強い口調で言った。

「そうですかね。まあ、じゃあ、話を変えましょう。房州の卯之吉、盗人ですよ、卯之吉を斬ったのはどういうわけですか」

菊之丞の問いかけに、

「屋敷に盗みに入った盗人なのだ。おまけに、わしに向かって刃《やいば》を向けてきたのだ。斬り捨てるのが当然ではないか」

「ところがですよ、金蔵はここととは全く違う場所にありますよね」

菊之丞の疑問に、

「それがいかがした」

梅沢は訝しむ。

「卯之吉は金蔵と離れたここまでわざわざやって来たのですよ。何の為に、それは梅沢さまに会う為です。一体、何の用があったんでしょうね」

菊之丞は問を重ねた。

「わしの命を奪いに来たのかもな。以前、火盗改の頭取の頃に成敗した山猫の銀蔵の手下ということであったからな。親分の仇を討ちたいと思ったのではないか」

梅沢が答えると、

「親分の仇討ち、そりゃ、そんなことも考えたのかもしれませんがね、天下の剣豪、梅沢慶四郎さま相手に仇討ちなんかできるなんて、どんな馬鹿でも思わないでしょう」

菊之丞は冷笑を放った。

「貴様、何が言いたい」

梅沢は口調を荒らげた。

「もっと、怒ってくださいな。無礼極まるおれへの嫌悪を滾《たぎ》らせてくださいな」

菊之丞は巨顔を突き出した。

「おのれ」

梅沢はわなわなと身体を震わせた。

「さあ、おれを炎返しで斬ってください」

菊之丞は両手を広げた。

梅沢は立ち上がった。

「さあ」

更に菊之丞は挑発する。

梅沢の息が荒くなった。

菊之丞は見下すように、

「なんだ、所詮《しょせん》は道場の中での剣法ということですか。がっかりだな」

ははは、と菊之丞は哄笑《こうしょう》を放った。

梅沢は唇を噛んでいる。

すると、そこへ男が入って来た。手拭いで頬被《ほおかぶ》りをしているが、寅蔵である。

寅蔵は長脇差を抜き、

「てめえ、ぶっ殺してやる」

などと凄んだ。

梅沢は仁王立ちした。

寅蔵は梅沢に迫る。

菊之丞はその場を離れた。

「おい、ぶっ殺してやるぞ」

寅蔵は長脇差を振り回した。梅沢は後ずさりした。

菊之丞が、

「梅沢さま、これ、お使いください」

大刀を鞘《さや》ごと抜いて梅沢に向かって投げた。梅沢はそれを受け取り、腰に差した。

寅蔵は間合いを詰めようとするが、真剣を手にした剣豪を前に腰が引けてしまっている。

「さあ」

菊之丞は梅沢を促した。

寅蔵は恐怖で頬を引き攣《つ》らせ、ついには両目を瞑《つむ》ってしまった。

「見せてくだされ、炎返しを」

菊之丞は怒鳴り、更には寅蔵をけしかけた。

長脇差を頭上に振り被り、寅蔵は梅沢との間合いを詰めた。

梅沢は右手を刀の柄にかけたが、抜こうとしない。それを見た寅蔵はめったやたらと長脇差を振り回した。

梅沢の目元が引き攣り、足がぶるぶると震えた。次いで、膝から頽《くずお》れ、がっくりとうなだれた。

寅蔵は茫然《ぼうぜん》と立ち尽くした。

「はげ寅、もういいぞ」

菊之丞は二人の間に立った。長脇差を鞘に納めた寅蔵は惨めに身をすくませる剣豪、に困惑している。

「梅沢さま、卯之吉が匕首を手に襲って来た時も今のような有様だったのですね」

菊之丞は静かに問いかけた。

梅沢は顔を上げた。

額にはべっとりと油汗が滴っている。よろめきながら腰を上げ、

「その通り……このような無様な姿を晒《さら》したのじゃ」

寂しげに梅沢は打ち明けた。

「お話しください。決して口外しませんよ」

静かに菊之丞は頼んだ。

二度、三度うなずき梅沢は語り出した。

「火盗改の頭取を辞してから、わしは真剣が握れなくなった。握れないばかりか、刃への恐怖心が募った」

あまりにも多くの盗賊を斬殺した報いだ、と梅沢は自嘲気味の笑みを浮かべた。斬り捨てた盗賊たちの断末魔の様子……悲鳴、血飛沫《ちしぶき》、苦悶《くもん》の顔が夢に現れ、いつしか真剣を抜いたら白昼夢となって梅沢を苦しめるようになった。

梅沢は殺生とは対極にある剣の道を究《きわ》めようとした。道場で剣を指南し門人を育てることで剣との関わりを保った。

「ところが、先月の初めであった」

卯之吉が膏薬《こうやく》の行商人としてやって来た。道場には打ち身などの怪我に効く塗薬や膏薬を売りに行商人が出入りしていた。そんな行商人に卯之吉は紛れ、膏薬を売っていた。

卯之吉は親分銀蔵の仇討ちなどと大それたことまでは考えていなかったが、意趣返しを目論《もくろ》んでいた。こそ泥棒らしく、梅沢の屋敷から多少の金品を盗もうとしたのだ。そこで、台所に入り、値の張りそうな食器や包丁を持ち去ろうとした。そこへ、梅沢がやって来た。

「卯之吉は泡を食って盗もうとした包丁を振り回した……わしは足がすくんでしまった」

ため息混じりに梅沢は言った。

その時は逃げだしたが、卯之吉は後日行商人としてやって来て、梅沢を脅した。梅沢の無様な姿をばらして欲しくなかったら百両を出せ、という恐喝だ。

菊之丞と寅蔵はお松の身請け金だと思った。

「わしは払うと約束した」

二十三日の夕暮れ、卯之吉はやって来た。

そこに峰吉が居合わせた。梅沢を恐喝する卯之吉に峰吉は激怒した。

「事情を知らない峰吉はわしを脅す卯之吉に怒りを滾らせ、斬るよう刀を渡してくれた。頭に血が上った卯之吉は匕首を抜いてわしを襲った。わしは、刃を見て動けなかった……」

そこで、峰吉が梅沢の刀で卯之吉を斬った。

峰吉も梅沢から剣の指南を受けていたのだ。

「峰吉は刃に怯《おび》える梅沢さまを見て卯之吉のように脅したのですか」

菊之丞が問いかけた。

梅沢は首を左右に振り、

「峰吉は卯之吉との一件は、一切話題にしなかった。何事もなかったように接してくれた。しかし、それが却《かえ》ってわしには無言の圧力となった。いや、今にして思えば、わしの後ろめたさがそう思わせたのじゃ」

峰吉の目が耐えられなくなり、梅沢は犯行に及んだのだった。

身を屈めていたところをそっと忍びより、肩から斬り下げたのだ。

刃を持たない相手なら恐怖心を抱くことはなかった。

「全ては剣聖などというおだてに乗ったわしに非がある。体面を気遣い大事なものを失った。三十年に亘って仕えてくれた峰吉、それに生涯をかけて研鑽を重ねた剣をな」

梅沢は菊之丞に身を委ねると言った。

「梅沢さま、おれなんかに進退を任せることはありませんよ。ご自身でお決めくださいな。剣聖、鬼慶、梅沢慶四郎さまらしい身の処し方をなされよ」

菊之丞は告げると寅蔵を伴い、梅沢邸を立ち去った。

後日、紀藤幸太郎から梅沢慶四郎自刃の報を聞いた。遺書にはただ「償う」と記されていたそうだ。

菊之丞は剣聖の成仏を祈った。

第四話　殺し魔に鉄槌

一

卯月《うづき》一日、若葉が目に沁《し》みるようだ。梅雨《つゆ》入り前の江戸は初夏の薫風が吹き抜けている。

日輪の日差しが大地に溢《あふ》れ、真っ白な雲が光る青空に燕《つばめ》が舞っている。

このところ早瀬菊之丞は眠くて仕方がない。

手札を与えている岡っ引、薬研の寅蔵を伴って町廻りをしているのだが、あくびが漏れること甚《はなは》だしい。

堪《たま》りかねたように、

「菊之丞の旦那《だんな》、昨夜、遅かったんですか。それとも、御奉行所の宿直《とのい》でもなさったんですか」

皮肉混じりに寅蔵は問いかけた。

「いや、昨晩は夜四つ（午後十時）には寝たよ」

しれっと菊之丞は答えた。

「眠れなかったのですか」

「ぐっすり寝たな」

「じゃあ、寝足りないんじゃないんですね」

「それでも眠いんだよ」

「はあ……」

「春眠、暁を覚えず、春はな、眠いのが当たり前なんだ」

「もう、夏ですよ」

寅蔵が空を指差すと、

「おれにとって梅雨入り前は春なんだよ」

例によって菊之丞は自分に都合のいい理屈を並べて、自分を正当化した。

「なら、目が覚めるような一件があるじゃありませんか。三件立て続けに起きた殺しですよ」

「立て続けに起きた殺し……」

菊之丞は首を捻《ひね》った。

「ご存じないんですか。読売が書き立てていますよ」

責めるような口調で寅蔵は言った。

「何となく耳にしているんだがなあ……どんな殺しだったっけ」

菊之丞は思い出せないと寅蔵に説明を求めた。

「それがですよ」

と、眉間《みけん》に皺《しわ》を刻んで寅蔵が語ったところによると、殺しの状況は以下のようである。

一件目の殺しが起きたのは如月二十日であった。その日、湯島《ゆしま》天神は散り際の梅を見物しようという参詣客でごった返していた。

「その雑踏の中で薬研堀の長屋に住む左官屋団吉《だんきち》の娘おちえがさらわれたんですよ。でもって、二日後、おちえの亡骸《なきがら》が大川に浮かんだんです。永代橋《えいたいばし》の橋桁《はしげた》に引っかかっていたんですがね、そんだけでも、可哀そうって言いますかね、ひでえ話なんですが、その上……」

ここで、寅蔵は怖気《おぞけ》を振るった。

一呼吸置いてから、あたかも他人に聞かせるのが憚《はばか》られるかのように声を潜ませ、

「腹が切り裂かれていましてね、五臓六腑《ごぞうろっぷ》が全部なくなっていたんですって」

語ってから両手を合わせ、「南無阿弥陀仏……」と、唱えた。

さすがに菊之丞も茶化したり、軽口も叩く気にはなれない。

「おちえはいくつだった」

「八つですよ」

寅蔵の声音には憤怒が込められている。

菊之丞の脳裏に会ったことのない八つの少女の亡骸が浮かんだ。想像するだに惨《むご》たらしい。話を聞いただけで下手人への憎悪に掻《か》き立てられた。

「首に紐《ひも》で絞められた跡があったそうですから、絞め殺してから臓器を取り出したんでしょう。まったく、ひでえことしやがる」

寅蔵の表情が陰鬱《いんうつ》になった。

「下手人の手がかりは」

怒りの余り、菊之丞は寅蔵を責めるような口調になった。

「なにせ、押すな押すなの人だかりでしたんでね、団吉がおちえにせがまれて夜店で飴《あめ》を買っていた隙にさらわれたようで……今んところ、手がかりは見つかってないん

ですよ」

寅蔵は二件目の殺しを語った。

「二件目は弥生《やよい》の二日だったんです。今度は夜鷹《よたか》なんですよ。柳原《やなぎわら》土手で商売をしていたお末《すえ》って女でしてね」

弥生二日の晩にお末は姿を消した。仲間の夜鷹が、お末がいなくなったと騒ぎ出した。その二日後、

「今度は、明け方に柳森《やなぎもり》稲荷で亡骸が見つかったんです。近くの古着屋が見つけたんですよ。お末は真っ裸で境内《けいだい》に捨てられていたんですよ。で、お末も腹が切り裂かれ、五臓六腑がなくなっていたんです。死因は喉《のど》を刃物で抉《えぐ》られたことでした」

うんざり顔で寅蔵は語った。

「五臓六腑がなくなっていた……それで、同じ下手人だということになったんだな」

当然、菊之丞はそう思ったが意外にも、

「まだ、この時には同じ下手人の仕業《しわざ》と考えるのは慎重だったんです。同じ下手人に違いないと確信したのは、五日前に起きた三件目の殺しなんですよ」

三件目は弥生二十五日、向島で起きた。浅草並木町《なみきちょう》の履物問屋扇屋《おうぎや》の手代茂助《てだいもすけ》が殺された。その晩、向島のさる武家屋敷に挨拶に行った帰りに襲われたのだった。

亡骸は翌二十六日の朝、向島の田圃《たんぼ》に捨てられていた。やはり、全裸にされ腹を切り裂かれて五臓六腑が抜き取られていた。

「頭を重い物で殴られてそれが元で死んだそうですよ」

寅蔵の額には油汗が滲《にじ》んでいた。

「それから、ついでに言っておくと、茂助の亡骸は金玉も抜かれていたそうですよ。そう、そう、お末の子壺もなくなっていたんです。下手人の奴、五臓六腑を奪ってどうしようってんですかね。そんなもん売る気か。まさか、食わせる店があるはずはねえし」

寅蔵は当惑した。

「それで、南町は何をやっているんだ」

菊之丞が問うと、

「こっちが聞きたいですよ。旦那、ご存じないんですか」

「おれは聞いてないな」

のけ者かよ、と菊之丞は不満たっぷりに鼻を鳴らした。

それから、

「ああ、そういえば、何だかこそこそと殺しの探索をやっているな」

菊之丞は渋面となった。

「殺された茂助の主《あるじ》扇屋源兵衛《げんべえ》が与力の笹野《ささの》左京介《さきょうのすけ》さまに訴えたんですよ。なんとしても下手人を挙げてくれって」

笹野は年番方与力、つまり筆頭与力である。奉行所の実務全般を統括する実力者だ。奉行は町奉行職以外にも幕政や幕府の最高裁判所である評定所の評定一座を担う為、実務は与力に任せている。加えて任期によって交代するが与力、同心は生涯を町奉行所の役人で終える。

これらの点から年番方与力は町奉行所における最高実力者であった。当然、町役人を務める町人、大店《おおだな》の主からの付け届けは絶えず、彼らとの繋《つな》がりは太い。

「わざわざ、年番方与力の笹野さまに下手人探索を願い出るとは、扇屋源兵衛は随分と奉公人思いの主人じゃないか」

言ってから菊之丞は、「ははあ、そういうことか」と顎《あご》を掻き、

「要するにあれだ。扇屋源兵衛は下手人の首に賞金を賭けたんだろう。だから、笹野さまと笹野さまお気に入りの同心だけが下手人探しをしているんだ。懸賞金を山分けしようという魂胆だな。姑息な……ま、それはともかく、もう一度聞くが、源兵衛って商人、奉公人思いなのか」

それとも何かわけがあるのか、と菊之丞は踏み込んだ。

寅蔵は大きくうなずいてから、

「娘の婿にしようとしていたそうですよ。茂助は役者顔負けの男前だったそうです。で、娘のお玉《たま》が茂助に惚れ込んで茂助さんと夫婦になりたいと強く懇願したそうですよ。お玉は一人娘、どのみち婿養子を迎えようと考えていたそうで、丁度いいということになったってわけです。それに、茂助は大そうな働き者だったんだそうで、お玉に悪い虫がつくよりはいいと、この秋に祝言を挙げる予定だったそうですよ」

気の毒に、と寅蔵はお玉に同情した。

菊之丞は話の続きを促した。

「お玉は茂助が殺されてから飯が喉を通らないそうですよ。源兵衛はせめて茂助を殺した下手人が捕まり、獄門台にさらされることでお玉の茂助への想いを断ち切らせたいそうなんですよ」

「ふ〜ん、源兵衛の気持ちはわかるが、南町に任せて大丈夫かな」

「旦那、そんなことおっしゃっていいんですか」

寅蔵は顔をしかめた。

「いいわけないだろう」

笑い飛ばしてから菊之丞は続けた。

「そういやあ、向島の御前のことが気にかかるな。鉄槌組、世直しをするなんて菊田主水介とか名乗った旗本、あれから何をしているんだ」

向島の御前こと黒金斎然、将軍徳川家斉の信頼を後ろ盾に隠然たる権勢を誇る実力者だ。その斎然の肝煎《きもい》りで発足した鉄槌組は法度の網にかからない、もしくは南北町奉行所や火盗改《かとうあらため》が手に負えない凶悪なる犯罪を取り締まり、鉄槌を下すそうだ。

幕府の公の組織ではないが、黒金斎然が組織しているとあって旗本の子弟が加わり、勝手に夜回りを行っている。

これまでに何人もの盗人《ぬすっと》を斬り捨てた他、盛り場に踏み込んで賭場を潰した。賭場に押し入り手当たり次第に博徒を血祭に上げたのだ。

管轄を侵される行為だが、南北町奉行は斎然に遠慮して抗議をするどころか礼を言う始末だ。

世にはびこる悪党どもを退治し、世直しを行う鉄槌組ならこのような凶悪な事件を見過ごしにはしないだろう。

「ずいぶんと派手に暴れ回っておられるようですね。ただ、殺しの探索っていうのは地道な聞き込みが必要不可欠ですからね、盗人を斬ったり、賭場を潰すようなわけにはいかないいんじゃありませんかね」

寅蔵の言う通りだろう、と菊之丞も同意した。

二

ここで改めて寅蔵は殺しについて話した。

「今回の殺しは範囲が広いですよ。一件目が湯島。二件目が柳原、三件目が向島。しかも、殺された者に繋がりはありません。下手人は手当たり次第っていいますか、殺すに手頃な者を見つけて殺してきたんじゃありませんかね。これじゃあ、中々手がかりは得られませんよ。地道な聞き込みを繰り返すとか、夜回りに力を入れるしかないんです。ですからね、今回は菊之丞の旦那が孤軍奮闘なさっても限りがありますぜ。笹野さまがお気に入りの同心さまだけでは下手人を挙げられませんよ。奉行所総がかりで探索しねえと」

寅蔵の考えに、

「はげ寅にしちゃあ、正論を並べたじゃないか。うむ、よかろう、おれも同じ考えだ」

菊之丞は言った。

「あっしも湯島や神田界隈の聞き込みはやってみますがね」

「向島で起きた殺しとなると、大川から向こう……本所、深川一帯の聞き込みが必要になってくるな」

「大変ですがやりましょうよ。あっしらでこの許せねえ、殺し魔をひっ捕らえるんですよ。殺し魔っていうのは、読売がひでえ殺しを繰り返す下手人につけた名前ですがね」

寅蔵は意気込んだ。

「おまえなあ……たった今、奉行所総がかりで探索しないと駄目だって言ったばかりだろう。気分で考えを変えるなよ」

菊之丞に呆《あき》れられたが寅蔵の意志は強いようで、

「そりゃ簡単じゃござんせんよ。江戸は広いんですからね。でもね、あっしゃ、菊之丞の旦那なら、きっと下手人を捕らえると思いますよ。なんたって、黙って座ればぴたりと当たる、水野南北先生直伝《じきでん》の観相《かんそう》の達人なんですからね」

「おいおい、おれが言うと勘繰るのに、こういう時は観相を持ち出すのか。都合のいい野郎だな」

菊之丞は苦笑いをした。

「尊敬、申し上げているんですよ」

寅蔵は上目遣いになった。

「おだてられたから言うんじゃないが、おれは下手人の目星はついたぜ」

さらりと菊之丞は言ってのけた。

「ほ、本当ですか……あ、いや、疑っているんじゃありませんよ。さすがは、菊之丞の旦那だ」

これには寅蔵も驚きを隠せない。

これまでの探索で手がかり一つ得られていないのである。そんな殺し魔に菊之丞は探索をしない内から見当をつけているという。

菊之丞にはしばしば驚かされてきたのだが、今回はひとしおである。

「一体、何者なのですか」

教えて欲しいと寅蔵が懇願するように問いかけると、

「下手人は蘭方医だな」

菊之丞はさらりと言ってのけた。

「……蘭方医……ですか」

首を傾《かし》げながら呟《つぶや》いてから寅蔵は問を重ねた。

「なんで蘭方のお医者さんがそんなことをしでかしてきたんです。お医者といえば、漢方でも蘭方でも人の命を救うのが仕事じゃござんせんか」

益々疑念を深める寅蔵の腹を菊之丞は指で突き、

「腑分けだよ」

と、言った。

「ふ、ふぬけ……。蘭方のお医者がふぬけだっておっしゃるんですか。蘭方のお医者はあれでしょう。阿蘭陀《オランダ》の言葉を読み書きできねえと、務まらないんでしょう。旦那もご存じでしょう。阿蘭陀の言葉っていうのは、ミミズがのたくったような文字ですよ。あっしなんかじゃ逆立ちしたって読めやしない。でも、蘭方のお医者や蘭学者の先生はちゃんとわかるんですよ。ふぬけってことはねえでしょう」

寅蔵の疑問に、

「ふぬけははげ寅だよ。ふぬけじゃない、ふわけだ」

巨顔をしかめ、菊之丞は指で、虚空に「腑分け」と書き、

「人の身体を裂いて五臓六腑を調べることを言うんだ」

と、指で寅蔵の腹を横一文字になぞった。

寅蔵は目をぱちくりとさせ、

「そんなもん調べてどうするんですよ」

と、自分の腹を見ながら声を大きくした。

「蘭方ではな、五臓六腑の仕組みを調べれば、治療に役立つと考えているんだよ」

おれにもよくわからん、と菊之丞は言い添えた。

「そんなもんですかね。あんなもの見ても気持ち悪いだけですよ。まあ、好き好きでしょうけど。なら、蘭方医に狙《ねら》いをつけて探索を行えばいいのですね」

寅蔵は菊之丞を見た。

「そういうことだ」

菊之丞がこくりとうなずくと、寅蔵は顔を輝かせ手を打った。

「そうだ。思い出しましたよ。向島で殺された手代茂助のことを聞き込んでみたんですよ」

「はげ寅にしては気がきくじゃないか」

寅蔵は一瞬苦い顔になったがすぐに、

「茂助が奉公していた扇屋ですがね、扇屋のかかりつけの医者というのが蘭方医なんですよ。確か、名前は田辺伊織《たなべいおり》とかいいましてね、その田辺ってえのが扇屋の娘にぞっこんなんだそうですが、娘の方は茂助に惚れていたってこってすよ」

「田辺が茂助を殺して腑分けしたというのか」

菊之丞が問うと、

「いくらあっしが早とちりでも、そう単純にはいかねえと思いますけどね、第一、茂助憎さに殺すのはわかるとしても腑分けってのはね。それとも、どうせ、殺すんなら蘭方に役立てたいなんて田辺なりに理屈をつけたんですかね」

寅蔵なりに考えているようだ。

「それに、夜鷹と子供のこともある。田辺が二人を見知っていたのか。あるいは、蘭方医仲間かもしれんな。今はどうにもこうとは決められんな」

珍しく菊之丞にしては慎重だ。

ここは、南町奉行所に探索を任せた方がいい。奉行所に戻ることにした。


半時後、菊之丞は汗だくになりながら奉行所に戻り詰所に入った。初夏とは言え、焦がれるような陽光が差し込み土間には格子の影が刻まれている。

筆頭同心村上勝蔵《むらかみかつぞう》が縁台に腰掛けてお茶を飲んでいた。村上は年番方与力笹野左京介が筆頭同心を任せているように笹野の信頼が厚い。扇屋源兵衛の依頼で殺し魔の探索に当たっているはずだ。

菊之丞に気づいても無視している。

「殺し魔ですよ。村上さん、探索に当たっているんでしょう」

菊之丞が語りかけると、

「そうだ。これは、特別の役目だからな。厳選された同心で当たっておる。おまえは探索に加えておらんし、今後も加えん。殺し魔の探索はな、おまえの妙な占いで挙げられるものじゃないんだ」

その露骨な物言いに臍《へそ》を曲げたくなったがそんな場合ではない。それでも、憎まれ口の一つも叩いてやりたい。

「おれは除《の》け者にされるのは構わないがな、せっかくいいネタを持ってきてやったんだ。そんな言われ方をされたんじゃ、教える気が失せたぜ」

渋面を作り、菊之丞は舌打ちをした。

「いいネタ……どんなネタだ」

村上は興味を示した。

「教えねえよ」

むくれた菊之丞に、

「まあ、そう、怒るな」

村上は、「蕎麦《そば》でも食え」と一朱金を渡してきた。一朱とは安く見られたものだが、村上が菊之丞の機嫌を取ろうとしたことには満足した。

「おれはうどんの方が好きなんだけど、ま、いいや。実はな、下手人が何者か見当がついたんだよ」

歌舞伎役者が悪役を演じる際の化粧もかくや、という悪党面に笑みが浮かんだ。悪戯《いたずら》坊主が大人をやりこめた時のうれしそうな笑顔のようでもある。

「ほう、下手人の目星か。おまえの占いでか」

半信半疑の様子で村上は問を重ねた。

「あいにくだが、黙って座ればぴたりと当たる、水野南北先生直伝の観相学に則《のっと》ってはいない。殺しの様子から推量したんだ。下手人は蘭方医さ」

菊之丞は腑分けと寅蔵の扇屋での聞き込みを披露した。村上の目が見る見る光を帯びてゆく。

「なるほど、腑分けな、これは、まさしくそうかもしれん。田辺とか申す蘭方医に狙いをつけるのは早計じゃが、蘭方医ということであれば」

村上は手を打った。

「いいネタだろう」

菊之丞が言うと、

「さすがは菊之丞だ。これは、いけるかもしれん。でかした。これから、みなに蘭方医を当たらせることにする」

村上はすっかりその気になった。

「ああ、頼むよ」

「うむ、でかした」

一転して村上は菊之丞を誉め称《たた》えたものの、殺し魔探索に加われとは言わなかった。

三

明くる日、菊之丞は寅蔵と町廻りに出た。

「旦那、大川の向こうの聞き込みをするんじゃなかったんですか」

両国橋を渡ろうとしない菊之丞に寅蔵は不満を漏らした。

「探索は村上さんたちに任せればいいさ」

菊之丞は大きく伸びをした。

そこへ、深編笠を被った侍が近づいて来た。

おやっとなったところで侍は深編笠を手で持ち上げ、

「鉄槌組の菊田主水介だ」

と、言った。

偽八卦見《にせはっけみ》の小野吉村こと煙の次郎右衛門を斬り捨てた三人のうちの一人だ。

「これはこれは、向島の御前の信頼厚き菊田さまですか」

皮肉を込めて返し用向きを確かめた。

「向島の御前がそなたに会いたいそうだ。ご足労願いたい」

思いもかけない申し出である。

幕府の実力者黒金斎然が一介の八丁堀同心に何の用があるのだ。興味と疑念が菊之丞の胸に渦巻いた。

菊之丞の心中を察したようで、

「御前はそなたの探索ぶりに感心なさった。小野吉村、旗本梅沢慶四郎殿の一件、そなたの鮮やかな推量と探索ぶりにな。また、剣の技量も大したもののようだ」

菊田は言った。

小野吉村の一件はともかく、梅沢慶四郎の死の真相を菊之丞は口外していないが、黒金斎然は摑《つか》んでいるようだ。

益々、黒金斎然への興味が大きくなった。

どうしていいのかわからないのだろう。寅蔵はおろおろとしている。

すると、

「そなたも一緒にまいるがよい」

菊田は寅蔵も誘った。

「行けばいいことがあるのだろうな。物珍しい食べ物や酒をごちになれるのかい」

舐《な》められまいと菊之丞は問いかけた。

「御前の客だ。粗相なきようもてなされよう」

菊田は両国橋に向かって歩き出した。

「はげ寅、正月に足を運んだどでかい屋敷だ。さぞや中も立派だろうぜ。ひとつ、見物するか」

菊之丞が誘うと寅蔵も大きくうなずいた。

向島の黒金斎然の屋敷。周囲は田圃が広がり、一面の緑に広大な屋敷が屹立《きつりつ》している。一丈（約三メートル）を超す練塀が取り巻き、塀の四隅には矢倉が設けてあった。

広大な屋敷の中心にある御殿は檜皮葺《ひわだぶき》屋根に総檜造りの豪華な建物だ。御殿の背後、奥方に設けられた風呂場の洗い場に斎然はいる。若い娘たちに身体を洗わせていた。

一人が背中、一人が胴体、一人が足を糠袋《ぬかぶくろ》でこすり上げていた。還暦を迎えたとは思えない艶《つや》やかな肌は、湯滴を弾き若い娘たちが輝きを加えている。斎然は気持ち良さそうに半眼となり、

「そこじゃ。もっと強くこすれ」

などと背中を洗っている女中に命じた。

やがて洗い終わると、湯船にどぶんと身を沈める。檜でできた六尺（約百八十センチ）四方の大きな湯船にただ独りで身を浸す斎然は目を爛々《らんらん》と輝かせ、生気がみなぎっていた。

菊之丞と寅蔵が菊田の案内で向島の屋敷に着いたのは昼近くになっていた。開け放たれた正門前に駕籠《かご》は付けられた。寅蔵が盛んに、「すげえ」という言葉を連発した。

玄関に初老の男が待っていた。錦の小袖《こそで》を着流し絹の袖なし羽織を重ねている。ひょっとして黒金斎然か……。

菊之丞が思ったところで、

「向島の御前である」

と、菊田が耳打ちをした。声は寅蔵にも届き、

「へ、へ〜え」

と、土下座をした。

「堅苦しい挨拶は無用じゃ。本日、その方どもは客人である」

斎然は鷹揚《おうよう》に語りかけると、「まずは、屋敷を案内してやろう」と、土間に下りた。

「じゃあ、遠慮なく」

菊之丞は土間で平伏する寅蔵の衿首を摑んで立たせ、

「こいつも連れて行きます」

と、斎然に声をかけた。

「苦しゅうない」

こちらに背中を向けたまま斎然は返事をすると軽やかな足取りで玄関を出た。警固の侍が菊之丞から大刀を預かった。

斎然は築地塀に添って奥へと向かう。矢倉には警固の侍が二人、屋敷の中と外に目を光らせていた。菊田が鉄槌組だと教えてくれた。斎然の屋敷には旗本の子弟から成

る鉄槌組の侍が百人ほど常駐しているそうだ。

多くの土蔵や武家長屋が立ち並んでいる。

さらに進むと一面に芝生が広がっていた。芝生の真ん中に大きな池があり、池の畔《ほとり》で鶴が羽を休めている。この時代、屋敷で鶴を飼うことが許されているのは将軍だけである。これを見ただけで斎然の権勢がわかるというものだ。

「ひえっ！」

庭の片隅には木柵が巡る一帯があり、板葺の小屋がある。そこには、
と、寅蔵が驚きの声を漏らしたように色鮮やかな羽を扇のように広げた珍奇な鳥がいた。

「孔雀《くじゃく》だよ」

菊之丞が寅蔵に教えた。

「よく存じておるな」

斎然は手庇《てびさし》を作って振り仰ぐように歩き出した。

芝生を横切り、池の向こうにある数奇屋造りの建屋に導かれた。周囲を警固の侍が固めている。

「さあ、入れ」

斎然は建屋に入った。建屋は茶室のようだった。障子が取り払われ周囲を濡れ縁で囲まれた二十畳の座敷がある。広々とした清潔な部屋だ。

数奇屋の脇に植えられた樅《もみ》の木が日陰を作り、座敷内には心地好い風が吹いて軒先に掛かる風鐸が涼しげな音を聞かせている。

座敷は違い棚が設けられ床の間のある書院造りである。床の間を飾る三幅対の掛軸、青磁の壺はいかにも値が張りそうだ。欄間には額が飾られ、「天下静謐」と大書されていた。斎然の署名の落款《らっかん》が捺《お》されている。

その字は雄渾でいかにも斎然の魂が宿っているようだ。

座敷の真ん中に座布団が据えられていた。寅蔵は遠慮がちに濡れ縁に座った。がさつな男だが豪華な屋敷の様子とそれが物語る黒金斎然の権勢にすっかり呑まれている。

「素晴しいお屋敷ですな。庭の見事さといったらない」

菊之丞が誉めると、

「世辞でもうれしいぞ」

斎然は微笑んだ。

「中々どうして都の寺院でもこのような庭はお目にかかれませんぞ。おれは観相学の達人、水野南北先生の下で修業した際、京、大坂、南都の神社仏閣を随分と訪れたが、こんなに美しい庭はそうそうお目にかかれない」

「そうか、それは誇らしいのう。ところで、そなたの観相学とやらの見立てはどうじゃ。わが屋敷の家相を見立ててみよ」

斎然に問われ、菊之丞が答えようとすると横目に寅蔵の心配顔が映った。余計なことは言わないでください、と願っている。

寅蔵に気遣うことなく、

「欲の塊ができておりますな。御前に取り入ろうとする者たちの欲と、彼らの欲によって肥大した御前の欲。その欲を鬼門に当たる門が塞《ふさ》ぎ、目下のところ大事を防いでおるのですよ」

ずけずけと観相学による家相を語った。

「欲は悪か」

斎然は静かに問いかけた。

「善にも悪にもなりますな……なんだか禅問答のようでつまらないでしょうな」

菊之丞は肩をそびやかした。

斎然はうなずき、

「では、ここらで、面白い趣向を見せてやる」

と、警固の侍に目配せをした。侍たちは一礼をすると座敷の四隅に立った。四隅には天井から紐がぶら下がっている。

斎然が目配せをすると、鉄槌組の侍たちが各々の紐を引っ張った。

とたんに、

「ひえ」

寅蔵は悲鳴を上げ両手で顔を覆った。天井が落ちてきたのである。

と、そうではなかった。

天井が落ちたのではなく、天井を覆っていた茶色い布が取り払われたのだ。布は四枚で各々の侍の手で回収された。

ここでまたも寅蔵が驚きの声を放つ。布が捲《まく》られた天井には透明な板が敷かれてあった。その板を通して彩り豊かな金魚や鯉が泳いでいる。その中にあってひときわ巨大な魚と思ったのはなんと女だった。

全裸の女が三人、気持ち良さそうに泳いでいるのだ。

寅蔵は口をぽかんと開けて見上げている。

「涼しげであろう」

斎然はにこやかな顔をした。

菊之丞は表情を消し、

「夏向きの座敷とは思うが、こりゃ悪趣味だ。庭が立派だっただけに、天と地だな」

菊之丞に遠慮という文字はない。

侍たちは斎然の顔色を窺《うかが》ったが、斎然は動じては威厳を保てないと思ったのだろう。

「なるほど、上方風ではなかろう」

と、鷹揚に応えてみせた。

「元禄の頃、天下一の豪商と謳《うた》われた大坂の淀屋《よどや》にこのような夏座敷があったらしいな。さすがは淀屋だと大した評判になったそうだが、贅沢華美を咎《とが》められて淀屋は闕所《けっしょ》になっちまった。でも、御前には将軍さまがついていなさるから心配御無用ってわけだ。持つべきは別嬪《べっぴん》の娘だな」

歯に衣着せぬ言葉を菊之丞は平然と並べた。

「その淀屋の伝説を聞いてわたしは道楽でこさえた」

これまで同様、斎然は激せず言った。

続いて両手を打ち鳴らした。

すぐに、膳が運ばれて来た。

寅蔵は濡れ縁で食事の恩恵に与《あずか》った。

斎然はギヤマン細工の透明な酒器に入った酒を菊之丞に差し出した。酒器の底には氷が入っている。

渇いた喉にはもってこいである。

心地よい薫風、庭の木々から聞こえる野鳥の鳴き声も初夏の風物詩だ。

「これは美味だ」

菊之丞は透明なギヤマン細工の杯を飲み干した。

「鯉は好きか」

斎然に問われ、

「好きだよ」

膳には鯉の洗いが用意された。他に泥鰌《どじょう》の柳川と鰻《うなぎ》の蒲焼《かばやき》もある。

「泥鰌に鰻とは、精力がつきますね」

寅蔵は目を細める。

「そなたは、鰻を絶ったのではないのか」

斎然に指摘され、

「願掛けで一時はそう思ったんですがね、好きな物を我慢するのは却《かえ》ってよくねえって思いまして」

寅蔵は頭を掻いた後、

「よく、ご存じで……こりゃ、畏《おそ》れ入りました」

と、頭を下げた。

菊之丞は空を見上げた。青空に鳶《とんび》が弧を描いている。そこへ、女中たちが透明な器を運んで来た。

それは、器ではなく氷をくりぬいたものだった。くりぬいた所に蓮《はす》の葉っぱが敷かれ、そこに真っ白い魚の身らしき物が数切れ乗っていた。身は反り返り牡丹《ぼたん》の花のようだ。

菊之丞の顔から笑みがこぼれた。

「何です、これ」

濡れ縁から寅蔵が声をかけてきた。

「鱧《はも》だ」

「はも……」

寅蔵は首を傾げる。

「魚偏に豊と書いて鱧、都や大坂では鱧が食膳に乗れば夏の到来となる。さっぱりとしていかにも夏にふさわしい料理なんだよ。このように湯引きにしたものでもよし、茶碗蒸しに入れてもよし、だな。お仙なら知っているよ」

「へ～え、上方の魚なんですね」

寅蔵は箸《はし》で一切れ摘《つま》み口に入れた。何度も咀嚼《そしゃく》してから、

「美味《うま》いんですかね、どうもはっきりしねえ味だ」

釈然としない様子だ。

菊之丞は横の小皿に盛られた梅肉に浸した。

「梅干をすり潰したこの梅肉につけて食べると味が引き立つんだよ」

そう言って一切れを食べた。顔中を笑みにして、

「こりゃ、堪らねえ」

と、言うと杯を飲み干した。

寅蔵は、

「あっしゃ、酸っぺえのは苦手ですが」

と、言いながらも菊之丞を真似《まね》て鱧の一切れに梅肉をつけた。そして、おっかなびっくりな様子で口に運んで嚙《か》み締める。たちまち頰《ほお》を綻《ほころ》ばせて、

「うめえ！」

と、声を弾ませ酒を飲んだ。

「口に合ったようじゃな」

満足そうに斎然は言うと、今度はギヤマン細工の酒器を差し出した。菊之丞は受けず、手酌で自らの杯に注いだ。

「この世は悪がのさばっておる。奉行所や御公儀の目が届かない悪党どもが多数おる」

という斎然の言葉に耳を貸すこともなく、菊之丞は鱧を美味そうに食べる。

「悪党は成敗しなければならぬ。よって、わしは鉄槌組を作った。旗本の子弟どもで成り立っておるが、そなたを特別に入れてやる。禄高三十俵の御家人の分際、町方の同心という不浄役人の身に余る待遇もしてやる。禄高百石だ。観相学を生かすがよい。働きがよければ、更なる加増をしてやる。身分も御家人から直参旗本に昇進させてやるぞ」

どうだ、と斎然は誇らしそうに微笑んだ。

菊之丞は箸を置き、

「あいにくおれは不浄役人が気に入っているんだ。旗本になって堅苦しい裃《かみしも》を着て江戸城に出仕するなんてまっぴら御免だ。それにな、世には法度ってもんがある。悪人は法度に照らして裁かれるべきだ。そうでなければ、奉行所がなくてもいいってことになる。おれや不浄役人どもは残らず食いっぱぐれるぞ」

がははと大声で笑った。

釣られるように斎然も声を上げて笑ってから、

「そなたが申すことももっともじゃが、世の中には法の網の目から漏れるような悪党というものが大手を振って歩いておる」

「そうした悪党に罰を与えるのは神仏や天だ。天網恢々疎《てんもうかいかい》にして漏らさず、じゃないか」

菊之丞は臆せずに言い立てた。

歌舞伎役者が悪役を演じる際の化粧もかくや、という悪党面に笑みを浮かべた。

「そんな悠長なことは申せぬ」

斎然の目が険しくなった。

「御前は、自らの手で悪党を成敗するとおっしゃる。おれは手を貸せないな」

重ねて菊之丞は斎然の誘いを断った。

「わしは、正月の小野吉村の一件を耳にして、そなたの探索能力というか観相にいたく感じ入ったのじゃ。わしの下で、鉄槌組に加われば思う存分、そなたの才が生かせるのだ。出世には関心がなくとも、観相学や悪党、悪相退治にはやりがいを抱こう」

説得の言葉を語った後、斎然は鷹のように鋭い眼差《まなざ》しを菊之丞に向けた。

それでも、

「お断りします」

菊之丞はにべもない。

「それはまた」

あまりにあっさりとした拒絶に斎然は当惑した。

「この世から悪がなくなればよいと思うよ。でもね、そうなったら極楽浄土でしょう。極楽浄土はあの世だ、この世じゃない……それに、繰り返すが、おれは今のままがよいんだな」

菊之丞の話を受け、斎然もこれ以上は言葉を重ねることはせず黙り込んだ。

菊之丞の拒絶により斎然も口数が少なくなった。どことなくぎすぎすとした空気が漂う中、食事が終わり、茶が用意された。茶も菊之丞を気遣ってか、宇治《うじ》から取り寄せられた宇治茶である。

菊之丞はここで、

「ところで、今、世上を騒がせております、殺し、五臓六腑を抜き取るという天魔を恐れぬ所業、その殺しの犠牲になった町人の一人はこちらに出入りをしていた扇屋の手代ですな」

「そのようであるな」

「その手代、茂助という男、斎然殿はご存じですか」

「直接、言葉をかけたことはないが、殺されたと聞いて家中の者に尋ねた。非常にまじめな男であったとか。そのような男が惨たらしく殺されるとは……。世に悪がはびこっておるのじゃ」

「殺された日にはこちらのお屋敷を訪問したそうですが、どのような用向きであったのですかな」

「さて、屋敷に納める履物に関する事であろうが」

斎然にすれば、商人が屋敷を訪ねようが一々相手になどなっていないということなのだろう。

と、不意に菊之丞は胸を押さえた。そして俯《うつむ》き加減に、

「ううっ……ああ……」

と、胸に両手を当て、うめき声を漏らした。

「いかがした」

斎然は腰を浮かした。

「旦那、どうしやした」

寅蔵も堪らず飛び込んで来た。

「急に胸が苦しくなった」

菊之丞は腰を上げ二、三歩歩いたと思うとふらふらとよろめき、膝からくずれ再び胸を押さえた。

四

「医師じゃ。了英《りょうえい》を呼べ」

斎然は口早に命じた。じきに布団が整えられ、菊之丞は横たえられた。

すぐに医師がやって来た。

髪を儒者髷《まげ》に結ったまだ年若い男だ。医師は町村《まちむら》了英と名乗った。

斎然は座敷から出て行き、寅蔵は濡れ縁に座って心配そうな眼差しで見守った。菊之丞はすやすやと眠っていたが、四半時ほどしてむっくりと半身を起こした。

「そのまま寝ておられませ」

了英はやさしげな面差しをしていた。黒の十徳はあまり似合っていない。

「もう、大丈夫だ」

菊之丞はにっこり微笑んだ。

「癪《しゃく》を起こされたようですね」

「昼から酒を過ごしたのがいけないのか、あるいは、おれの寿命が尽きようとしているのかもな」

冗談めかして菊之丞は顎を掻いた。

「用心なさったほうがよろしいです。心配だったのは、生魚に当たられたのではないかということでしたが、そのようなご様子はございませんで、よかったです」

「斎然殿が整えた食膳であれば、よもや、腐ったものなど入り込むはずはなかろうさ。ところで、あなたは蘭方ですか」

菊之丞は了英の薬箱を見た。そこには、メスと呼ばれる西洋医学の道具が並べられている。

「そうです。早瀬さんは蘭方がお好きではございませんか」

「病が平癒すれば蘭方であろうが、漢方であろうが気にしないよ」

「それを聞いて安心しました。病は気からと申しますから」

「あんたは、蘭方を長崎で学んだのかい」

「はい。父が向島の御前さまにお仕えし、それが縁でわたしも長崎で学んでまいったのでございます。御前さまには大変にご恩がございます」

「こちらの屋敷に出入りをしておる扇屋の掛かりつけの医師も蘭方医だな」

「田辺伊織という男で、旗本の三男坊だったのが、医学に興味を持ちわが父に弟子入りしたのです。わたしとは開明会《かいめいかい》で交流しております。扇屋に紹介したのもわたしです」

「開明会、ああ、聞いたことがあるな。高名な蘭学者が中心となっているって聞いているぜ。西洋の学問や技術を進んで取り入れるのを提案する学者の集団だそうだな」

「大変に有意義な会合です」

了英は目を輝かせた。

「学問に熱心なことはいいことだ」

「これをお飲みください」

了英は白湯《さゆ》を差し出した。菊之丞はそれをゆっくりと飲み干すと、

「了英さんは腑分けに興味がないかい」

不意に問いかけた。

了英は息を呑んだが、

「いささか」

「やはり、そうですか。開明会のみなさんも興味があるのだな」

「それは医師としましては……」

了英は曖昧《あいまい》に口ごもった。

「このところ起きている殺しを耳にしているだろう。五臓六腑が取り払われている殺しだよ」

「耳にしたことがございます。大変に惨たらしいものです」

「了英さんは下手人が五臓六腑を取り払うのはどうしてだと考える」

了英は額に汗を滲ませ、

「まさか、早瀬さんは下手人が腑分けのためにそんなことをしているとお考えなのですか」

「ああ、そうだよ」

「だとしましたら、その医師、医師の風上にもおけません」

了英の目が怒りに彩られた。

「ところで、扇屋の手代茂助が殺された晩、了英さんはどちらにいたんだい」

菊之丞はけろっと聞く。

「まさか、わたしが茂助を殺したと……」

　これには寅蔵も腰を浮かした。いくら無遠慮な菊之丞でもこれはひど過ぎる。

「なに、偶々《たまたま》、訪れた屋敷の主治医が蘭方医、そして、下手人も蘭方医ということが考えられることから聞いてみたんだ。そんなむきにならんでくれ」

　菊之丞はさばさばしたものだが、了英は威儀を正し、

「わたしは、夜遅くまで御前さまのお側におりました」

「治療をしておったのかい」

「そうではございません。御前さまは大そう囲碁がお好きでございます。それで、その晩も碁の相手をしておったのです」

「ふ〜ん」

　菊之丞は腰を上げた。

「あの、もうよろしいのですか」

「お蔭《かげ》ですっかり良くなったよ」

　菊之丞は微笑むと、

「はげ寅、帰るぜ」

　と、寅蔵に声をかけた。

「は、はい」

寅蔵は驚きを隠せない様子である。菊之丞は寅蔵の返事を待たず濡れ縁を歩き、数奇屋の玄関に出た。そこへ斎然がやって来る。

「もうよいのか」

「了英さんは大変な名医でいらっしゃいますね」

「具合が良くなれば良い」

斎然は気遣いを示す。

「これ、この通り」

菊之丞は舞いでも舞うようにひらりと身体を回転させた。それから、

と、一応は丁寧にお辞儀をした。

「ご馳走になりました」

「これからも、いつなりと、参るがよい」

鷹揚に斎然は言った。

「気が向いたら、来るよ」

菊之丞は軽く一礼すると足早に歩き出した。寅蔵がついていく。日は西に大きく傾いている。芝生に樹木が影となって映り込んでいた。寅蔵は菊之丞に付き従いながら、

「あの蘭方の先生を疑っていらっしゃるんですかい。観相で悪相が現れていましたか」

期待を込めて寅蔵は聞いた。

「いや、あの医者に悪相は現れていなかった」

「ですが、仮病を使ってあの先生をおびき出したではありませんか」

「仮病とは人聞きが悪いぜ」

「本当にご気分が悪かったんですか」

「そうだよ。そもそも、町村了英が蘭方の医者だとは知らなかったしな。この屋敷なら典医がおると思った。その医師が蘭方なのかどうか探ってみたくはなったがな」

「だから、仮病じゃねえですか」

寅蔵はけたけたと笑い出した。

「まったく、おまえという男はがさつだな」

菊之丞は顔をしかめた。

「殺し魔、どうなりましたかね」

「今頃、南町奉行所では蘭方医に狙いをつけて探索をしているさ。何か手がかりを摑んでいることに期待しようじゃないか」

「そうだといいんですがね」

寅蔵は大真面目《おおまじめ》にうなずいた。

五

寅蔵と別れ、菊之丞は南町奉行所に戻った。

そこに、

「あの……」

若い男が長屋門を潜って入って来た。髪を儒者髷に結い、黒の十徳を着ていることから医師のようだ。

「なんだい」

菊之丞が問いかけると、

「わたし、田辺伊織と申す蘭方医ございます。あの……。わたしが属する開明会にてひどい企てがなされております」

「ほう、開明会かい」

俄然、興味を抱いた。

菊之丞が反応してくれた為、田辺は勢いづいた。

「ご存じでしたか。そうです、開明的な蘭学者の集まりです」

「開明会が何か企てているのかい。さぞや、開明的な陰謀なんだろうな」

菊之丞の冗談に田辺は乗ることはなく、

「近頃、頻発しております、殺し、五臓六腑を取り去るという恐ろしき殺しに深く関わっておるのでございます」

と、声を上ずらせながら言い立てた。

「へ～え、こいつは驚き桃ノ木、山椒《さんしょ》ノ木だな」

菊之丞は目を凝らした。

「詳しくはここに」

田辺は書状を菊之丞に押し付けるようにすると、そそくさと立ち去った。

「待てよ」

追いかけたが、追いつけそうになかった。

呆然《ぼうぜん》とする菊之丞だったが、渡された書付を読んだ。読み進む内に菊之丞の顔は驚愕《きょうがく》に彩られた。

「こいつは面白くなってきやがったぜ」

菊之丞は詰所に入った。

書付は田辺が属している開明会についての告発文であった。頻発している連続殺人は開明会による仕業である。そして、その目的とするところは、腑分けを行うための亡骸を確保することにあると記してある。

そして、開明会による腑分けが今日の夜九つ（午前零時）、回向院《えこういん》裏の閻魔堂《えんまどう》で行われるとしてあった。

これはいても立ってても居られない。だが、筆頭同心の村上勝蔵以下、同心たちはいない。帰宅したのか町廻りを続けているのか……。

そうだ、村上たちは年番方与力笹野左京介の命令で殺し魔を追っている。

――焦るな――

今は落ち着くことだ。夜九つにはまだ時がある。村上に報《しら》せる余裕は十分にあるのだ。

と、幸い、村上が汗を拭きながら戻って来た。二人で詰所に入ると、

「なんじゃ、まだおったのか」

成果がない苛立《いらだ》ちからか村上は不機嫌だ。

「それが、こんな物が届けられたんだよ」

菊之丞は田辺という蘭方医がやって来た経緯から書状を渡されたまでを語った。村上は菊之丞の手から引っ手繰《たく》るようにして書状を受け取ると素早く目を通した。

村上の口から驚きの声が上がるのは当然だ。

「これは、由々しきことじゃ」

村上は目を血走らせた。

「捕物出役だな」

「そうじゃ。今晩に開明会を根こそぎ、お縄にするぞ」

村上は闘志をみなぎらせた。

菊之丞も俄然湧きあがる闘争心をどうしようもない。

「おれも捕物に加わるよ」

「いや、蘭方医のことといい、今回の文といい、そなたにこれ以上の負担はかけられぬ。帰って、身体を休めよ。もちろん、開明会の者どもを召し捕った暁には、御奉行にそなたの貢献も報告し、褒美を下されるよう取り計らう」

村上はいたわるように目元をやさしくした。いかにも親切そうだが、笹野から貰《もら》えるであろう扇屋の懸賞金の分け前を減らしたくはないのだ。それが証拠に、奉行からの報奨金の話こそしたが扇屋の懸賞金については知らん顔である。

こう言われると、菊之丞は意固地になってしまう。

「加わるって言ってるだろう」

どちらが上役なのかわからないような態度の菊之丞を持て余すように、

「わかった、特別じゃぞ」

村上は受け入れた。

その時、

「御免、村上はおるか」

と、いう声がした。

居丈高な物言いである。村上が立ち上がると、

「そなたか」

と、入って来たのは鉄槌組の菊田主水介であった。

「わたしですが」

村上は辞を低くした。

菊田は菊之丞に気づいたが声をかけてこない。おまえは黙っていろ、という態度だ。

癪に障ったが、菊田の用件が気になり、口を閉ざしていた。

「公儀目付、そして鉄槌組頭取、菊田主水介である」

菊田は胸を反らして告げた。

「菊田さま……」

村上は頭を下げた。

菊之丞も軽く腰を折った。

なんだ、菊田は幕府の目付職にあるのか、と菊之丞は思った。

目付といえば、役高千石、旗本を監察する幕府の要職だ。できる幕臣はこの役職を振り出しに、長崎奉行や京都町奉行といった遠国奉行に昇進し、やがては町奉行や勘定奉行へと出世をする。ひょっとしたら将来、南町奉行となるかもしれない。

菊田は己が出世を確実なものとする為に黒金斎然に近づき、鉄槌組の頭取を務めているのだ。

今の菊田は異様な悪相である。邪念の塊のようだ。

「こちらに開明会の田辺が来たであろう」

「はい、よくご存じでございますね」

「田辺は我が手の者が追っておった」

村上は書状を差し出した。

菊田はそれを手に取るとさっと目を通す。ところが、菊之丞や村上のように驚きの表情は浮かべなかった。

「やはりな」

その声は初夏を忘れさせるほどに冷んやりとしていた。

「わしはこれより、御奉行に会う。お会いして、捕物出役の指揮を執ることを願い出る」

「菊田さまがですか」

村上は、さすがに目付が町奉行所の捕物出役の指揮を執ることに抵抗の姿勢を見せた。

しかし、菊田は両目を吊り上げて熱弁を振るった。

「開明会は元々、わしが目をつけていたのだ。いつか、叩き潰してやると思っておった。日本の地図を持ち出したシーボルトの教えを受けた西洋かぶれの奸物どもの集まりじゃ。あ奴ら、日本を西洋に売り渡そうとしておる。断じて許すことはできん！わかるか！」

菊田の剣幕に村上は嵐が過ぎるのを待つ稲穂のようにうつむいた。菊之丞は二人とは距離を置き、やり取りを見ている。

菊田は興奮で顔を真っ赤に火照《ほて》らせて菊之丞と村上をねめつけ、詰所を出て行った。

菊田の姿が見えなくなったところで、

「感じの悪いご仁だったな」

村上に声をかけた。

「まったくじゃ」

村上も苦虫を嚙んだような顔になった。

六

薬研堀の縄暖簾《なわのれん》、江戸富士にやって来た。

「思わぬ成行きになったぜ」

菊之丞が言うと寅蔵が、

「村上さまたち、蘭方医を当たって、手がかりがあったんですか」

「手がかりどころではない。下手人が浮上した」

「そいつはすげえや」

寅蔵は手を打った。

「下手人は開明会という蘭学者の集まりだ。高名な学者が中心となって組織されていした。

るそうだぜ」

菊之丞が苦慮の顔をした時、

「どうして、開明会とわかったのですか」

菊之丞は目をしばたたいた。

菊之丞は田辺という蘭方医が南町奉行所にやって来て書状を置いていったことを話
菊之丞は思案するように腕を組む。

「それで、今晩、捕物出役だぜ」

菊之丞はつい、大きな声を出してしまった。

「なら、あっしも」

寅蔵も意気込んだ。

お仙の誇らしげな顔がうれしい。


その晩、夜九つ（午前零時）近くなった頃である。深川回向院裏の閻魔堂でのことだ。そこに三日月と星影に照らされた早瀬菊之丞と寅蔵の姿があった。

二人とも木陰に潜み闇に溶け込みながら閻魔堂の境内にいる。夜風が生い茂るに任せた草むらをざわざわと揺らしていた。

「閻魔堂に灯りが見えますぜ」

寅蔵は言った。

「気づかれないように近づくぞ」

注意をしてから菊之丞は寅蔵と共に足音を消し、閻魔堂に近づいた。何やら声がする。複数の人間がいるようだ。

「どうしやす」

寅蔵は囁《ささや》くように聞いてくる。

「踏み込むぜ」

「そりゃ無茶ですよ。その前に、中の様子を探ってきますよ」

「かまわないよ」

「危ないですって」

「なら、おれだけで行くよ」

菊之丞は躊躇《ためら》うことなく閻魔堂の階へと歩いて行った。寅蔵としては続くしかない。

菊之丞はほとんど腐りかけの階に足をかけると軽やかな足取りで濡れ縁に立ち、少しの躊躇もなく観音扉を開けた。

話し声がやんだ。

閻魔大王の木像の前に車座になって十人くらいの男がいる。真ん中に蠟燭《ろうそく》を灯し、書物を置いてなにやら議論をしていたようだ。

「な、なんだ」

誰からともなく菊之丞に対する批難の声が上がった。

「心配いらねえよ」

菊之丞は胸を張る。

といっても彼らは驚きを禁じ得ないであろう。突然、巨体の八丁堀同心が現れたのだから驚くなと言うほうが無理というものだ。

ところが、その中から、

「早瀬さん」

と、いう声がした。蠟燭に照らされたその男は町村了英である。

「やはりいたのかい」

菊之丞は了英に向かって言った。

「どうされたのですか、どうしてここへ」

了英は菊之丞に聞いてから周囲の者たちに菊之丞のことを説明した。みな菊之丞の素性を知り驚きと戸惑いの表情となった。

「あんた方を助けようと思ったんだ。あんた方、どうしてここに集まっているんだ」

みなはお互い顔を見回したが、了英が代表して、

「我らの同志、田辺伊織からここに集まるように言われました。なんでも、西洋の珍しい書物が多数手に入るのでここでみなに貸し与えたいというのです」

「それは、罠だよ。田辺はそういう口実であなた方をここに誘い込んだんだ」

「田辺が、何故そのようなことを……」

「あんた方にこのところ起きている殺し魔の罪を負わせるためだよ」

「まさか、田辺がどうしてそのようなことをするのでございますか」

「それは本人に聞いてみな。もうすぐやって来るはずだぜ」

菊之丞が言ったそばから境内に人の足音が近づいて来た。

菊之丞は、

「あんた方はここで待っていな」

と、言い置くと勢いよく外に飛び出す。寅蔵も続いた。

草むらの中にやくざ者が五人と医者のような格好をした男が一人立っている。

七

菊之丞は、

「それは、なんだ」

やくざ者の一人が肩に全裸の女を担いでいた。女の様子から既に死んでいることがわかった。

「悪の巣窟、開明会の手先になったのか」

田辺が鋭い声を放った。

菊之丞はそれには答えず、

「その亡骸、この閻魔堂に運び込むつもりだな。あたかも開明会がこれから腑分けしようとしているかのように見せかけるというこんたんだな。そして、その場に町方を踏み込ませる」

女の亡骸を担いでいた男が、

「どうしますか」

と、戸惑いを示した。

「やってしまえ」

田辺に言われやくざ者は亡骸を草むらに放り投げた。

「死者に敬意がねえな」

菊之丞は冷めた声を発した。

「うるせえ」

やくざ者五人が一斉に匕首《あいくち》を抜いた。

寅蔵は腰の十手を引き抜いた。

菊之丞は泰然自若として立ち尽くし、五人に視線を送る。

刃《やいば》を向けられながらも、大刀も十手も抜こうとしない菊之丞だが寅蔵は不安を抱いていない。

それどころか、

「旦那、お任せしますぜ」

寅蔵は十手を構えているものの、高見の見物である。

菊之丞は余裕しゃくしゃくの物腰で羽織を脱ぎ、

「持っていな……皺《しわ》にならないようにきちんと畳めよ」

寅蔵に手渡した。

「心得ました」

元気よく寅蔵は羽織を受け取った。

菊之丞はやくざ者に語りかけた。

「おまえら、痛い目に遭うから覚悟しろよ」

と、悪戯坊主が大人をやりこめた時のような笑顔を浮かべ、両手の指をぽきぽきと鳴らした。

「痛い目を見るのはそっちだ。八丁堀同心たってな、こっちは恐くねえぜ」

頭目らしき男がうそぶいた。

「強い鉄槌組さまがついているものな」

菊之丞は笑みを深めた。

「うるせえ、やっちまえ」

男は仲間をけしかけた。

「馬鹿め！」

ソップ型力士のような巨体が震え、岩のような巨顔から怒声が放たれた。

大地を揺らす地響き、天を震わす雷鳴のような声音であった。

やくざ者たちも臆し、後ずさる者もいた。

菊之丞の威圧は場を支配し、敵を呑み込んだ。

それでも、

「びびっているんじゃねえ。やっちまえ」

頭目が手下をけしかけるや、菊之丞は飛び出した。巨体には不似合いな敏速な動きである。

菊之丞は頭目の腕を摑む。

「何しやがる」

男は抗ったが、菊之丞は構わず摑んだ腕を捩り上げた。

うめき声をあげ、男は爪先立ちとなった。

「悪相だけじゃないな。悪い骨相だねえ。よし、おれが立ち直らせてやるよ」

菊之丞は左手で男の肘を摑み、右手を肩に当てた。

「そらよ」

一声かけると菊之丞は肩に当てた手に力を込めた。

――バキッー
鈍い音がし、男は悲鳴を上げた。

菊之丞が両手を離すと男は手で肩を押さえながら地べたをのたうち回った。

唖然《あぜん》とする四人に菊之丞は近づく。

「おまえは左肩だ」

淡々と告げると相手の左肩の関節を外す。

続いて、

「てめえは右肩だぜ」

三人目の右肩の関節を外した。

二人はわめき散らしている。

「やかましいぞ」

菊之丞は一人の足を抱え、膝《ひざ》の関節を外した。男は地べたを転げ回った。

そこへ、

「旦那、後ろ！」

寅蔵が大声で危機を告げた。

匕首を両手に背後から男が襲いかかって来た。菊之丞は振り向きもせず、突き出した男の腕を右脇に抱え、肘の関節を外した。

あっと言う間に五人の男たちは苦悶の声を上げ、地べたを這ってしまった。

骨相で相手の骨の太さ、作りを見抜き、自在に外す菊之丞ならではの技である。

「いつもながらお見事ですね」

寅蔵は感嘆の声で賞賛した。

寅蔵は田辺に縄を打った。

菊之丞は頭目を地べたに座らせ、殺し魔による三人の殺しについて問い詰めた。男は怯える表情で稲蔵《いなぞう》と名乗ってから打ち明けた。

「田辺先生に人を殺して、ここに運べって、誰だっていいって、ただ、三人目の男だけはあっしらじゃねえ。田辺先生が殺して、あっしらがここに運んだんだ」

菊之丞は冷たい眼差しを田辺に送った。

「茂助には恨みがあったのです。わたしは、扇屋の娘に惚れておりました。なのにお玉はわたしのことをすげなくして……。みんな、茂助のせいです」

田辺は激しく首を横に振った。

「そうした逆恨みで茂助を殺したんだな」

「は、はい」

田辺はうなだれた。

「亡骸から臓器を抜き取ったのは、開明会を陥れるためかい」

「開明会ならいかにも腑分けをやるだろうと思わせたのです」

「誰に頼まれた」

と、その時、

「御用だ！」

と、いう声と御用提灯の群れが迫って来た。

「目付、鉄槌組頭取、菊田主水介である、南町奉行所共々、開明会の者どもを捕縛する」

陣笠を被った菊田は鞭《むち》を振るい大音声《だいおんじょう》に叫んだ。鉄槌組の侍たちと村上勝蔵に率いられた南町奉行所の捕方がいる。

菊田は提灯《ちょうちん》に照らされた菊之丞と田辺たちを見て息を呑んだ。それでも、己が威厳を示すように、

「開明会の皆は無実だよ」

菊之丞は言った。

「はあ……」

菊田は口をあんぐりとさせている。

「開明会の皆は罠にかけられたのだ。この田辺によって……あんた、承知しているだ

ろう」

菊之丞が追及すると菊田は田辺を睨んだ。

次いで、

「田辺は開明会に恨みを持っていたのだろう。それで、開明会を陥れるような工作をやくざ者に手伝わせたのだな」

「ほほう、あんたや鉄槌組は無関係って言いたいんだな」

菊之丞は菊田から田辺に視線を移した。

その時、

「おのれ、たばかりおって」

菊田は抜刀し、田辺の胸に突き刺した。みな、はっとしたが止める間もなかった。

「菊田さん、止《や》めろ！」

菊之丞は菊田を諫《いさ》めたが、時既に遅く田辺は息を引き取ってしまった。初夏の夜にもかかわらず薄ら寒い光景が広がった。

「手数をかけた」

動ずることなく菊田は刀を鞘に納めた。

「何故殺したんだよ」

責めるように問い詰める菊之丞に、

「このような悪党、成敗して当然じゃ」

「とかなんとか言って、口封じじゃないのかい」

菊之丞は菊田を睨《にら》んだ。

そこへ、

「早瀬、無礼だぞ」

と、村上が割り込んだ。

「ならば、引き上げるぞ」

菊之丞を無視して菊田が大音声を発した。

鉄槌組が帰ろうとした前途を菊之丞は塞いだ。

「退け！」

菊田は菊之丞を怒鳴りつけた。

「逃がすわけにはいかねえ。あんたは、殺し魔の黒幕だ。開明会を潰そうとした企て、おれはお見通しだぜ」

菊之丞は抜刀した。

村上が、

「早瀬、止めろ」

必死の形相《ぎょうそう》で宥《たし》めた。

「あんた、向島の御前の袖の下に逃げ込むのかい。なあ、鉄槌組頭取、菊田主水介さんよ」

挑発的な言葉を浴びせ、菊之丞は哄笑《こうしょう》を放った。

菊田の顔が朱に染まった。

「菊田さま、早瀬のことはお任せください。どうぞ、お帰りに……」

村上は声をかけたが、

「鉄槌組頭取として早瀬菊之丞の無礼、断じて許さぬ。この場で成敗を致す」

怒りに震える声で言い、菊田は再び大刀を抜いた。

「武士が刀を抜いたんだ。もう、後戻りはできないぜ」

菊之丞が言うと、

「当たり前だ。刀を抜いたからにはそなたを生かしてはおかぬ」

返すや菊田は間合いを詰めた。

裂帛《れっぱく》の気合いと共に突きを繰り出す。

菊之丞はわずかに首を左に避けた。大刀の切っ先が空を切る。

「おっと、よく見なよ。喉はここだぜ」

菊之丞は指で自分の喉笛を指した。

「おのれ」

もう一度、菊田は突きを繰り出したが菊之丞にかすりもしない。

菊田は大刀を大上段に振りかぶり、菊之丞に駆け寄るや斬り下ろした。

白刃が頭上に迫る寸前、菊之丞は身をかわす。

勢い余って菊田はつんのめった。

が、すぐに体勢を立て直し、今度は下段から斬り上げる。

これも菊之丞は一歩跳び退いて外した。

菊田は顔や首筋から汗を滴らせ、菊之丞の首目がけて掃い斬りを仕掛けた。

菊之丞はひょいと顎を引いた。

首筋すれすれを大刀の切っ先がかすめた。

「いくらやっても無駄だよ」

菊之丞は大刀を横に掃った。

「あぁっ」

菊田の手から大刀が離れ、夜空に舞い上がった。

菊田は膝から頽《くずお》れた。

鉄槌組の内、五人が菊之丞に襲いかかった。

彼らは菊之丞を囲み、じりじりと間合いを詰める。

菊之丞は微塵《みじん》も動ずることなく立ち尽くしている。

「やめろ、おまえたちの敵う相手ではない」

菊田が五人を止めた。

五人はお互いの顔を見合わせていたが、誰からともなく刀を鞘に納めた。

菊田は地べたに正座をした。

「武士の情け、介錯《かいしゃく》を頼む」

菊田は菊之丞に頼んだ。

「腹を切るのかい。評定所の裁きを受けたらどうだ」

菊之丞が諫めると村上も同意するようにうなずいた。

「生きて辱めは受けぬ。武士が真剣勝負に負けたのだ。自分で始末をつけるしかあるまい。死ぬ前に申しておく。わしは、西洋かぶれの開明会を嫌悪していた。汚らわしき夷狄《いてき》から学ぼうとする、隷属しようとする謀反人どもの集まり、開明会を潰してやろうと今回の企てを行った。念の為申しておくが、わしの企てに向島の御前は一切関わりない。全ての責任はわしが負う」

菊田の言葉に、

「承知しました」

と、村上は答えた。

「ああ、そうじゃ。冥途《めいど》の土産に教えてくれ。わしをもて遊んだような剣、あれはどのような流派だ」

菊田は菊之丞を見上げた。

「無手勝流さ。何度も言うが、おれは観相学の達人、水野南北先生について修業した。人相、骨相を見れば、表情の変化、目や肩、腰の動きを見定めることができる。つまり、太刀筋《たちすじ》がはっきりとわかるのさ。無駄な動きをしなくてすむってわけだ」

菊之丞はにこやかに返した。

「なるほどな。生まれ変わったら、観相学を学ぼう」

静かに語ると菊田は小袖を開き脇差を抜いた。菊之丞は背後に立ち、大刀を振り被った。村上や捕方、寅蔵は顔をそむけた。

「はげ寅や捕方の中間《ちゅうげん》、小者《こもの》連中は構わねえが、村上さんは見届けなきゃいけないよ。それが武士ってもんだ。おれたち不浄役人でも武士の端くれなんだからな」

珍しく菊之丞は真顔で説教じみた言葉を投げかけた。「そうであった」と村上は呟くと、

「南町奉行所、筆頭同心村上勝蔵、菊田主水介さま自害に立ち会いまする」

と、凛《りん》とした声で告げた。

「早瀬殿、村上殿、かたじけない」

菊田は刃で腹を横一文字に切り裂いた。

菊之丞は大刀を振り下ろした。

皐月《さつき》となり、梅雨入りをした。

連日の雨とあって、菊之丞は町廻りを怠けがちだ。

今日も昼から、薬研堀の縄暖簾、江戸富士に入り浸り、寅蔵や客たちに景気よく酒や料理を振舞った。

奉行から殺し魔摘発の功で感状と報奨金五両が下賜《かし》された。加えて、年番方与力笹野左京介からも五両が手渡されたのだ。扇屋源兵衛の懸賞金の一部だ。懸賞金の総額はいくらなんですか、と寅蔵は興味を示したが、

「いくらでもいいじゃないか。貰い物なんだからな。欲をかくとろくなことにならな

いぞ」

菊之丞が諫めると、

「観相学の達人のお言葉ですね、ありがたく心に刻みますよ」

寅蔵は酔いが回って上機嫌だ。

それにしても、向島の御前こと黒金斎然は一切のお咎めなしである。相変わらず、屋敷の門前は猟官運動と大奥出入りを願う商人で門前市を成している。

鉄槌組は菊田主水介の不祥事で解散した。殺し魔の一件と斎然が関係していたのかは不明だ。

菊之丞との関わりもなくなったが、今後も斎然との因縁が生じるのでは、という予感がする。

「菊之丞の旦那、どんどん飲んでくださいよ」

寅蔵は徳利を持ち上げ、菊之丞にお酌をしようとした。

「馬鹿、それはおれが言う台詞《せりふ》だ。おれの奢《おご》りなんだぞ」

菊之丞は寅蔵の額を小突いた。

歌舞伎役者が悪役を演じる際の化粧はかくや、という悪党面に笑みが浮かんだ。

この作品は徳間文庫のために書下されました。

徳間文庫

観相同心早瀬菊之丞
死《し》のお告《つ》げ

2023年2月15日　初刷

著者　早《はや》見《み》俊《しゅん》
発行者　小宮英行
発行所　株式会社徳間書店
東京都品川区上大崎三－一－一
目黒セントラルスクエア　〒141－8202
電話　編集〇三(五四〇三)四三四九
販売〇四九(二九三)五五二一
振替　〇〇一四〇－〇－四四三九二
印刷
製本　大日本印刷株式会社

ISBN978-4-19-894829-0　(乱丁、落丁本はお取りかえいたします)